花と舞と　一人静

篠　綾子

集英社文庫

目次

花と舞と

一人静

序章

その年の夏は日照りが続いていた。

各地で反乱の火の手が上がり、都の平家一門がその対応に追われていた治承（一一七七〜一一八一）の頃のことである。

このままでは飢饉になる恐れがあるというので、後白河法皇は慣例に従い、通常は人の出入りを禁じている神泉苑を開放した。

神泉苑は、内裏の南方に位置する溜池を備えた庭園である。溜池は、南北四十間（約七十メートル）、東西二十間余り（約四十メートル）ほどあり、管絃の宴の折には龍頭鷁首の船が浮かべられることもあった。この池は善女龍王が住んでいるとも、龍穴とつながっているともいう。

法皇はこの地で雨乞いの儀を催すことを決めた。

「百人の舞人を招き、天神さまへ雨乞いの舞を奉納するように」

とのことで、舞人が都中から集められた。卜占によって決められた順に従い、舞人たちは舞を舞う。

二日にわたって行われた雨乞いの儀の二日目。

九十九人目の舞人が舞い終えた後もなお、じりじりと照りつける夏の陽射しは少しも陰りをみせなかった。

蟬は命の限りとばかり、絶え間なく鳴き続けている。神泉苑の溜池の水は常の半分くらいしかなく、その水面に日輪が不吉な鈍いきらめきを落としている。

その時、百人目の舞人が進み出た。

まだ十三、四歳ほどの少女である。この暑さだというのに、事前に清めてきたものか、汗一つかいていない。純白の水干に袴を着けた姿は、まさに芸能をつかさどるアメノウズメもさながらというところ。

千早振る神もみまさば立ちさばき　天のとがはの樋口あけたまへ

舞人の口から歌声が流れ出した。歌声は力強く響き、舞人の足さばきは堂々たるもの。白い袖は優美にたおやかに揺れ、舞人は荒ぶる神を鎮めんがため、姫神のように神々しく舞う。

「雨……？」

桟敷に居並ぶ誰かの口から小さな声が上がった。その人は空を見ていた。つられたように、人々は空を見上げる。

歌舞を終えた少女は溜池の水面を見つめていた。ぽつりと雫が降り注ぐなり、波紋が大きく広がっていく。一つの波紋が消える前に、また別の波紋が生まれる。その動きはしだいに早まっていった。

やがて、雨は大粒の雫となって、乾いた地面を叩きつけるように降り出した。

少女はようやく空を見上げた。降り注ぐ雨を面に浴びながら、いつまでも動かず、その身を雨に打たせ続けている。

少女はとある白拍子一座の者で、名を静といった。

第一章　雨乞いの舞

一

神泉苑の雨乞いの儀当日より、ふた月ほど前のこと。

七条(しちじょう)に居をかまえる総角(あげまき)一座に、朝廷から雨乞いの儀に舞人を差し出すように、とのお達しがあった。

「さて、どうしたものか」

二十人ほどの白拍子に加え、ほぼ同数の見習いを抱える女座長の総角は、思案をめぐらせた。

「選ばれるのは大変な名誉。雨まで降らせたら当世のアメノウズメと称(たた)えられるってものさ。けど……」

雨が一滴も降らなければ、責めを負わせられることになりやしまいか。百人からの舞人が罰せられることはないとしても、その舞人たちはもう、この都で舞えなくなるかもしれない。縁起の悪い舞だと言いふらされたりすれば、宴席にも招いてもらえなくなるだろう。

「座長さん、あたし、嫌ですよ」

「あたしも御免こうむります。大体、あたしたちの舞で雨が降るわけないでしょ」

抱えの白拍子たちは皆、しり込みした。

「そんなこと言ったって、お前たち。ご命令とあっちゃ、うちから舞人を出さないってわけにはいかないよ」

総角は頭を抱える。

「だったら、座長さんがやればいいんじゃない？　昔は宴席で舞っていたんでしょ」

確かに、昔は舞っていた。天女のように軽やかな——とまでは言われなかったが、なかなか婀娜っぽくていいなどと言う男たちもいたのだ。しかし、今の総角ときたらすっかり太ってしまって、人前で舞うどころではない。

若い白拍子たちはそんな座長をからかっているのだ。

「お前たち、そんなこと言ってると、うちから追い出してしまうよ」

白拍子たちはきゃあと嬌声を上げて散っていく。総角はこんなふうだったから、何のかのと言っても、抱えの白拍子たちから慕われていた。その上、余所の一座のように春を鬻ぐことを強要しなかったので、白拍子たちはこの一座にいられることを幸いと感じている。そのことを総角も分かっていた。

だから、大事な抱えの白拍子たちを、危ない目に遭わせるわけにはいかない。本当に誰を送ったものかと悩んでいたら、

「座長さん」

ややあって、落ち着きのある声がした。見習いの少女、静であった。まだ十三歳なので宴席には出していないが、歌も舞も一座随一の素質を持っている。顔立ちはもともと愛らしかったが、このところすっかり大人びて美しくなった。少女にしては低めの声も、男装して今様(いまよう)や催馬楽(さいばら)を歌いながら舞う白拍子にはもってこいである。

「困っているなら、あたしに行かせて」

と、静は自分から言い出した。

「お前が？　でも、お前はまだ見習いだろうに」

「一通り仕込んでもらったし、舞うことはできます」

十三歳のくせに、先ほど逃げ出した娘たちより数段大人びた物言いをする。かわいげはないが、姉弟子たちから表立っていじめられないのは、総角が目を光らせているからだ。

「いいんじゃないですか、座長さん」

いったん立ち去った後、戻ってきた小仏(こぼとけ)という白拍子が言った。

「静が才ある子だってことは皆が認めています。何といっても磯禅師(いそのぜんじ)さまの娘。この

子の舞なら、本当に雨を降らせられるかもしれませんよ」

先ほどとは違い、存外真面目な物言いであった。

「そりゃあ、神さまを感応させられる舞手ってのは世の中にはいるだろうさ。けど、それはただ上手ってだけじゃなく、それ以上の何かが入用なんだよ」

静が歌も舞も巧みなのは事実である。だが、神を動かす力を備えているかどうかまでは、総角には分からない。そういう力は生まれた時から備わっているもので、それこそ試してみなければ分からないのだ。

「なら、試してみりゃいいじゃないですか」

と、小仏は言う。今回はその絶好の機会じゃないか、と――。

「母さまだったら、どうなると思いますか」

その時、静が二人の会話に入ってきた。

「何だって」

「あたしの母さまが舞ったなら、雨を降らせられると、座長さんは思いますか」

静の母とは総角の古い馴染みで、名を磯という。今は出家して磯禅師と呼ばれていた。

この磯禅師は「白拍子の祖」と言われ、まだ死んだわけでもないのに、早くも伝説と化している。

保元、平治の頃に活躍したいわゆる「黒衣の宰相」信西入道――この信西が白拍子の舞を興し、磯にそれを教え込んだ。磯はまさに日の本初の白拍子なのである。

「あたし、聞いたことあるわ。磯さまが戦勝祈願の舞を舞ったから、信西入道さまがお仕えする今の法皇さまは、保元の合戦に勝利したんだって」

「それは、ただの噂だろ」

小仏の言葉を、総角は一蹴した。そういう噂は総角も聞いていたが、事実であると磯から聞いたことはなかった。だが、事実であってもおかしくない話だ。すると、

「じゃあ、小仏姉さんの言う話は嘘なんですか」

静が食ってかかるように問いかけてきた。

「いや、嘘とは言ってないだろ。本当かどうか分からないってだけさ」

「もし本当だったとして、今も母さまが引退していなかったら、法皇さまはきっと母さまをお召しになられましたよね」

またこれか——と、総角は少々面倒くさい気持ちになる。静はなぜか、母の磯に舞人としての対抗心を燃やしているのだ。どうやら、磯が伝説の舞人のように言われながら、今ではすっかり歌舞と縁を切っていることに納得がいかないらしい。また、これは総角にも謎であったが、磯が娘の静に対し、まったく歌舞の稽古をつけてやらないことも、理由の一つではあるのだろう。

ちらっと小仏を見ると、ほくそ笑むような表情を浮かべていた。総角の目に気づくと

顔を背けたが、静の前で磯の話を持ち出したのは、思惑あってのことなのだ。磯の話を聞けば、静は負けん気を起こす。そして——。

「座長さん、雨乞いの儀に出るお役目、あたしに任せてください」

　こう言い出すに決まっているではないか。

「さっきも言ったろ。お前は見習いなんだから」

「いいじゃありませんか。あたしたちは誰も出たくないって言ってるんだから。それに、見習いの静なら、仮に雨が降らなかったとしたって、お咎(とが)めを被(こうむ)ることにはなりませんよ」

　小仏ときたら、してやったりと内心では思っているだろうに、顔色にはまったく出さず、分別くさいことを言う。しかし、まあ、言われてみればその通りではある。

「それじゃあ、磯に相談してみて、いいと言うのなら」

　と、総角が言いかけると、

「そんなことしなくていいです」

　と、静の声が飛んできた。

「別に内緒にしてほしいわけじゃありませんけど、母さまはいいとも悪いとも言わないんだから」

「でもね、静」

「母さまは座長さんにあたしを預けた時、ぜんぶ座長さんにお任せするって言ったんでしょ。だったら、ぜんぶ座長さんが決めてください。あたし、舞に関わることなら、座長さんのことを親だと思っていますから」

なかなか強い口ぶりで言う静に、総角は最後は押し切られた。こうしてふた月後に神泉苑で行われる雨乞いの儀において、総角一座から出る舞人は見習いの静と決まったのであった。

二

静は総角一座で見習いとして、総角に稽古をつけてもらいながら、他の白拍子たちと一緒に暮らしている。元白拍子だった母の磯禅師は、一座からほど遠くない同じ七条に小さな家をかまえていた。かつて白拍子として稼いだ蓄えがあり、気ままに暮らしている。

総角は「母さんの家から通ってもいいんだよ」と言ってくれたが、貧しい家から売られてきた他の少女たちの手前、静は自分も同じにすると言った。一座では、新入りは姉弟子に付いてその世話をし、姉弟子は妹弟子に稽古をつける仕組みである。静も初めは姉弟子に付いていたが、早々と教えてもらうことがなくなり、今は逆に妹弟子が一人、付けられていた。

静より二つ年下で、琴柱という少女である。

「どうして、自分が出るなんて言っちゃったんですか」

静が雨乞いの儀に舞人として出る一件を聞き、琴柱は目を大きく瞠った。白拍子たちの稽古場だが、姉弟子たちは皆、出払っているので、今は二人の他に誰もいない。

「だって、座長さんが困ってたんだもの。助けたいと思うのは当たり前でしょ」

「だからって、静姉さんが助けなきゃいけないわけじゃないでしょう。他の姉さんたちに任せておけばいいじゃないですか」

座長の総角だってそのつもりだったのだろうと、琴柱は言う。

「そりゃそうだけど、姉さんたちは嫌だって言ってたんだもの。それに、小仏姉さんが後押ししてくれたわ」

「小仏姉さんは後押ししたんじゃない。自分が選ばれて、恥をかいたり責められたりするのが嫌だから、静姉さんに押し付けようとしたんです」

琴柱は唇を尖らせた。

「そんなこと、分かってるわよ」

静はさばさばした調子で言い、手指を組み合わせると、うんと伸びをした。

「でもいいの。あたしはやりたいんだから」

「どうしてやりたいんですか。あんな面倒なこと」

信じられないという眼差しで、琴柱は静を見る。

「だって、雨を降らせることができたら、一流の白拍子って認められるわけでしょ」

「雨を降らせる自信があるんですか。静姉さんは確かに舞が上手だけれど、ああいうのは上手なだけじゃいけないって」

「そりゃそうだけれど……」

「じゃあ、自信があるんですね」

「あのね、琴柱」

静は腕を下ろすと、振り返って琴柱をじっと見つめた。

「初めから自信がない舞人には、雨を降らせることなんて絶対にできない。だって、そういう人に神さまがご加護を授けるはずがないもの」

「じゃあ、静姉さんは……」

「自分にはできるって本気で思うの。そのために、ちゃんとやれることをやる」

「やれることって」

琴柱は首をかしげた。

「稽古するのよ。上手なだけじゃ駄目だけど、上手でない舞に神さまが感応なさるはずがないでしょう」

「そのう、ここの稽古場にあたしが呼び出されたのって、まさか」

「琴柱には笛を吹いてほしいの」

静は琴柱の手を取って、にっこりと微笑んだ。

「ええー」

琴柱は少し怯んだような声を出す。静は琴柱の手を握り締めた。

「お願い。琴柱は笛が上手だし、琴柱にしか頼めないのよ」

「そりゃそうでしょう。静姉さんは一度稽古を始めたら、納得するまでやめないんですから」

そんなことに付き合えるのは自分だけだと、琴柱も分かっているのだ。ぶつぶつ言いながらも、琴柱はいつも静の言うことを聞いてくれる。そうして静の稽古に付き合わされるうち、琴柱はいつしか舞よりも笛の方が上手になってしまった。

何を舞うのかと訊かれ、かつて小野小町が雨乞いをした時に詠んだ歌「千早振る」を使うつもりだと答えた。この歌に合わせた神さびた音色は、琴柱も何度か吹いたことがある。

「それじゃ、始めましょう」

静は琴柱の手を離すと、さっそく帯に差していた扇を取った。琴柱も観念した様子で、笛を袋から取り出す。

静は稽古場の真ん中まで進み、琴柱は部屋の北側の壁に背を向ける形で正座した。静が扇をしかと持ち、琴柱が笛を口に当てると、二人は顔を見合わせ、そっとうなずき合う。琴柱は一度目を閉じ、笛を吹き始めた。

「千早振る……」

静がゆっくりと歌いながら舞い始める。やや低めの落ち着いた声が、歌う時だけほんの少し掠(かす)れる。自分でもそのことには気づいていた。

総角は、静のこの掠れた声もいいと言う。これ以上掠れたら聞き取りにくいが、静のは聞き取りやすく、その掠れた感じに情緒があっていいのだそうだ。

静自身は歌うのも嫌いではないが、それ以上に好きなのは舞の方だ。舞っていると、初め心の中にあった雑念が少しずつどこかへ飛ばされていく。

雑念はさまざまだ。

どうして母は自分に舞を教えてくれないのか。いや、母は無関心なのだ。娘が白拍子の歌と舞に憧れ、そうなりたいと望み、稽古しているというのに、まるで他人事(ひとごと)のような態度である。稽古場へ様子を見に来たこともなければ、静に調子を尋ねることもない。静が白拍子となることに反対なのだろうかと、考えたこともあった。それならばはっきりそう言ってくれればいい。反対されれば、静にも言いたいことが山のようにある。しかし、母は反対もしてくれない。応援も反対もしない親に、どう応じればいいのだろう。

他には父のこともある。静には父がいない。一緒に暮らせないのはいいとして、顔も名も知らないのはめずらしいだろう。いや、これは父の問題というより、教えてくれない母の問題かもしれない。だが、静は母に父のことを尋ねることができなかった。教えてくれないということは、教えるのに何か障りがあるからだ。それが分かっているのに尋ねるのは、ただ母を困らせるためだけの言動であり、そういうことをするのは嫌だった。

　総角のことは嫌いではない。総角は静の才を見抜き、白拍子になる道を開いてくれた。舞を教え、育ててくれた。静が姉弟子たちから妬まれ、いじめられることがないよう、目を配ってくれてもいる。だが、体を傷つけられたり意地悪な言葉をぶつけられたりせずとも、人は傷つくということを、総角は知っているだろうか。才ある者が才なき者より恵まれていると、この世は決まっているわけではない。静の才は姉弟子たちの認めるところではあった。しかし、それゆえに姉弟子たちは静のことを疎ましく思い、突き放したのだ。静は、琴柱が一座にやって来る四年前まで、ずっと一人きりだった。それでいいと思ってもいた。

　とはいえ、人から見下されるのは嫌だ。哀れまれるのはもっと嫌だ。だから、静は自宅から通おうと思えばできるのにそうせず、意地でも一座で暮らし続けた。誰よりも上手く舞うことができたが、誰よりも懸命に稽古をした。

舞うことが好きなのは、こうした見苦しい思いや汚い考えを、追い払えるからであった。

舞い始めた時はまだ硬かった体が思い通りに動き出すにつれ、心の澱は洗い流され、やがて空っぽになる。空っぽの心は、泥さらいをした池のように清浄で気持ちいい。そうすると、もう何も心に浮かべることなく、ただ歌と舞だけで心と体を満たすことができる。歌と舞に没頭することが叶う。

やがて、雨乞いの歌を何度歌った後のことだろうか。

「静姉さーん」

琴柱がついに口から笛を離し、音を上げた。

「あたし、もう無理」

唇が腫れてるんじゃないか、唇の感じ方が鈍くなったと、泣きそうな顔をして言う。

「ごめんね、琴柱」

静はすぐに琴柱のもとへと駆け寄り、膝をついた。またやりすぎてしまった。

琴柱はようやくできた一人目の妹弟子。本当に心から大事に思っている。だから、いつも一緒にいたい。琴柱の面倒を見てあげたいし、その稽古もつけてやりたい。自分の舞う姿も見せてあげたいし、それを見て学んでほしいとも思う。けれど、舞い始めると、次々に胸に浮かんでくる雑念を一つひとつ、払いのけることに夢中になってしまい、琴柱を気遣うことを忘れてしまうのだ。

「あたし、舞い始めると、何も考えられなくなってしまって……」

「いいんです。いつものことだし」

琴柱は泣きべそを笑顔に変えて言った。

「それに、静姉さんには借りがあるもの」

琴柱がこの一座へ入ってきた時、質（たち）のよくないいじめに遭ったのを静が助けたことがあった。もともと独りぼっちの静には、琴柱を庇（かば）ったところで失うものが何もなかったのだ。同年輩の少女たちは、自分の姉弟子の目が怖くて、琴柱を庇おうとしなかった。

「でも、あたしがお前を庇ったことで、お前まで仲間外れみたいになっちゃったわ」

「そんなの、いいんです。あの人たちの仲間になりたいわけじゃないし」

琴柱は気強く言った。

「それに、静姉さんについていたら、数年後にはこの一座で大きな顔ができるもの。静姉さんがこの一座の名物白拍子になることは、間違いないし」

「お前も一緒になるのよ。名物白拍子に――」

静が励ますと、琴柱はあははっと声を立てて笑った。

「あたしは無理ですよぉ。それになれなくていいの、名物白拍子なんて」

そういう欲はまったく持っていないのだ。静にしてみれば、どうしてそんなのんきに考えられるのか、不思議なくらいである。しかし、だからこそ、琴柱のことが好きなのかもしれない。

「ねえ、静姉さん」

笑い収めると、琴柱は存外真面目な顔つきで言い出した。

「なあに」

「姉さんが雨乞いの儀に出るのは、一流の白拍子だって認められたいからなんですよね」

「ええ、そうよ」

静はうなずいた。

「お前の言う一座の名物白拍子にだって、すぐになれるわ」

「そりゃあ、今度の雨乞いは法皇さまのお声がかりなんですから、法皇さまのお墨付きってことになるんでしょうし」

「そうよ。法皇さまからお褒めのお言葉でもいただけたなら、世間だって、あたしの名前をすぐに覚えてくれるはず」

そうすれば、あちこちの公家(くげ)の邸(やしき)からお声がかかるだろう。数多くの宴席に侍(はべ)るうち、もしかしたら、自分の父親の話を聞けるかもしれない。白拍子をしていた母も、当時は多くの公家の邸に出入りしていたはずだ。その母が恋した相手——自分の父親は公家か、公家にお仕えする従者や侍ではないか、と静は考えている。

「静姉さんが認められたいのは、法皇さまや世間の人だけなんですか」

琴柱が尋ねた。思わずその顔を見つめ返すと、いつになく深刻そうな表情をしている。

「どういうこと」

静が問い返すと、

「何でもありません」

琴柱は自分から目をそらしてうつむいてしまった。だが、琴柱の言わんとすることは何となく分かる。

(たぶん、琴柱は気づいているんだわ。母さまを一流だって言う人たちの鼻を明かしてやりたいって、あたしが思っていること。ううん、本当は誰よりも、母さまに認めてもらいたくて……)

舞っている間に空っぽになった心に、再び澱が溜(た)まり始める。それを追い払うには一心に舞うより他に方法はない。そんな静の思いを察したのか、

「また稽古を始めていいですよ」

と、琴柱は顔を上げて言った。

「お前、唇が腫れたって……」

「少し大袈裟(おおげさ)に言ってみただけです。もう大丈夫」

琴柱は舌を見せて笑う。確かに大袈裟に言ったのだろうが、それでも、琴柱が自分を気遣ってくれたことは分かる。優しい子だ。本当に妹だったらいいのにと思う。

（琴柱のためにも、雨乞いの儀でいい舞をしたい。そうして、この一座で大事にされる白拍子になりたい）

そうすれば、琴柱にもいい思いをさせてあげられる。静の舞に無関心なあの母とて、振り向かせられるかもしれない。

静はその秘めた思いを胸に、再び立ち上がって、扇をかまえた。

三

やがて、雨乞いの儀の当日となった。

「静姉さんならできるって、あたしも信じています」

と言う琴柱に見送られ、静は神泉苑へ出かけていった。百人の舞人がいっぺんに神泉苑に集められたわけではなく、二日にわたり五十人ずつ呼ばれた。さらに十人ずつひと組になり、法皇の御前（ごぜん）へ招かれる。

順番は卜占で決められたそうで、自分がいちばん最後、百人目の舞人だと教えられた時、静はこれを神の思し召し（おぼしめし）だと思った。役人からの知らせを受けた総角もにわかに色めき立った。それまではいくら静でも雨を降らせることなんてできまいと思っていたようだが、「静ならできる」と言い出したのだ。

もちろん、百番目というのは、必ずしもいいことばかりではない。それより前に神通力を発揮する舞人がいて、雨を降らせてしまったなら、お役御免もあり得る。また、九十九人が失敗すれば、静一人の責務が異常なまでに重くなる。しかし、その分、最後の舞が終わった後で雨が降れば、その功績は静のものと誰もが認めてくれるだろう。

いわば最も目立ち、重圧のかかる役回りを振られたわけだが、結果として九十人が舞い終えた段階で空は晴れ上がったままであった。

暑さが少しも衰えない申(さる)の刻(こく)（午後四時）の頃、最後の十人は神泉苑の中へ招じ入れられた。

「和歌ないしは今様に合わせ、心を込めて舞いなさい」

後白河法皇の側近という、宴席でもめったにお目にかかれぬ上流の公家から声をかけられたのは、この時である。

桜町中納言(さくらまちちゅうなごん)、藤原成範(ふじわらのしげのり)という男であった。上品で優しげな面差しの壮年の公家。

干天(かんてん)の暑さがふっと和らいだような心地がした。暑さに憂(うれ)え、待たされたことにくたびれ、背負わされた務めに皆が緊張していたが、それすら成範は吹き飛ばしてくれたようであった。そして、どういうわけか、初めて会った人だというのに、どこか懐かしく慕わしい心地がした。

「仮に天の神が応えてくれずとも、誰もそなたたちを責めはしない。ただ、民の苦しみを憂える我々の心を纏って舞ってくれれば、それで十分だ」

成範の思いやりのこもった言葉は胸に沁み、緊張を和らげてくれた。他の女たちも思い思いにうなずいている。

そして、九十一番目の舞人から、神泉苑の池の前で舞い始めた。

舞い終えた者はあらゆるものから解放される。一人、また一人――。

しかし、静は最後まで解き放たれない。一人が舞い終わり、雨の降り出す気配がないと分かるや、重荷と孤独がその分だけ増した。先ほど成範が吹き払ってくれた緊張が舞い戻ってきたせいか、この暑さにもかかわらず手足の先は冷えている。静は手の指をこすり合わせた。

いよいよ九十九人目の舞が終わってしまった。

静は空を見上げた。神泉苑へ入った時より、日の位置が西へ傾き、陽射しは少し弱まったようだ。それでも暑さは和らいでいない。

九十九番目の舞人が御前を下がっていく。

後白河法皇の桟敷には御簾が下りていて、その姿をうかがうことはできなかったが、周囲に侍っている公家たちの表情は苛立ちと焦りにまみれていた。静に向けられた目には、失望の色があった。

言われないでも分かる。

九十九の希望をつぶされた彼らは、もはや静に期待する気力を失ってしまったのだ。静が若すぎることも理由の一つだったかもしれない。「こんな小娘に雨が降らせられるものか」——彼らの眼差しははっきりとそう告げていた。

二日連続で九十九人の舞を見せられた人々は疲れているのだ。それは分かるが、そんな目を向けられて、己の力を信じることなどできるはずがない。今、誰よりも自分の力を信じなければならないというのに——。静は先ほど声をかけてくれた桜町中納言成範を探した。あの人のさわやかな姿を見れば、憂いも不安も追い払うことができそうに思える。だが、成範の姿はなかった。あきらめかけたその時、

「そなた、名は何と申す」

と、突然声をかけられた。振り返ると、成範がいた。

「静です」

静は顔を伏せて答えた。名を訊いてもらえたことが素直に嬉しかった。百番目の舞人でなければ、こうはならなかっただろう。

「見ての通り、我々はもう、そなたに頼るしかなくなってしまった」

成範は真剣な口ぶりで言った。

（えっ、でも、先ほどは……）

雨が降らなくとも気にしなくていいと言っていたではないか。今さら、どうして重圧をかけるようなことを言い出すのだろう。

思わず顔を上げると、成範の真剣な眼差しがあった。

「なぜ、言葉を翻（ひるがえ）したかと思っているのであろう」

静の内心を読んで、成範は言った。

「他の者には言わぬ。そなただから言うのだ」

「あたしが他の人と違う、とおっしゃるのですか」

静が訊き返すと、成範は間髪を容（い）れずに「その通りだ」と答えた。

「そなたは他の者とは何もかもが違う。他の者にはできぬことが、そなただけはできる」

そうだろうか、本当に――。

成範の言葉は、これまで静自身、心の中で自分に言い聞かせてきた言葉だ。そう思わなければ、この舞台に出てはこられなかった。だが、自分に言い聞かせるということは、そうしなければその自信がすぐに揺らいでしまう証（あかし）でもある。

「ただ、ひたすら信じよ。そなたの歌と舞には天を動かす力があるとな」

成範の声の調子は高くなく、話し方も落ち着いている。あくまでも淡々としゃべっているのだが、成範が本気でそう思っていることは伝わってきた。

本気で思うことは天に通じる。

そういうものだと、静も思う。いや、逆か。本気で思わなければ天を動かせるはずがない。

この人はそれが分かっている。だから、自分のような小娘相手でも、その力を信じてくれる。もしかしたら、この人は静以外の舞人にも、舞う直前に同じことを言い続けてきたのかもしれない。だが、それでもいい。今はもう、この人が信じるのは静の舞だけなのだから。

この人が信じるものを自分も信じよう。何とかしてこの人の――桟敷で失望している人たちのことはもういい――ただこの人の願いにだけ応えて差し上げたいと思った。

「そなたは、何を歌いながら舞うのか」

ややあって成範が問うた。

「はい。『樋口あけたまへ』の歌を――」

静は答えた。

「おお、かつて小野小町がこの神泉苑で雨乞いをした時に詠んだという歌だな」

成範は大いに納得した様子でうなずいた。

「そなたにふさわしい歌だ。そして、今、この場にもふさわしい。小野小町の御霊(みたま)もそなたに力を貸し与えてくれるであろう」

成範はそれまでになく力強い声で言った。そして、舞の舞台となっている池の方を指さした。

「行きなさい」

不思議な——かつて知らぬ感覚に、静は包み込まれた。

まるで成範の言葉が霊力をもって自分の体に入り込み、特別な舞を舞わせてくれるとでもいうような——。これが言霊（ことだま）というものなのか。自分はこれから、この言霊にのせて舞を奉納するのだ。

ただ上手に歌って、巧みに舞えばよいというものではない。今、求められていることは——成範から求められていることは、天の神の心を動かす舞だ。

そのためには、言葉にも舞にも思いの丈を込めなければならない。静自身の思いではない。雨を希（こいねが）う人々の願い、民を救おうとする後白河法皇の願い、それを叶えんとする成範の祈りを——。

後白河法皇の桟敷に向かって頭を下げた後、静は自分をこの場へ進めてくれた成範に目を向けた。成範は先ほどと同じ場所に佇（たたず）んでいてくれる。

（あなたさまのご期待を裏切りたくない）

初めて会った男に対し、どうしてそこまで強い思いを抱くのか、自分でも訝（いぶか）しく思わぬわけではない。だが、今はそれが真実の気持ちだ。静は雑念を振り払った。

手の指先から足の爪先にまで、あふれるほどの力がみなぎってくる。


　千早振る神もみまさば立ちさばき　天のとがはの樋口あけたまへ

この時、静はかつて舞ったことのない力強い舞を舞った。

胸が熱く高鳴っている。舞を舞うことにこれほどの誇らしさを感じたのは、初めてであった。

（ああ、誰かの思いに応えたいと本気で願うことは、こんなにも喜ばしいことだったのね）

もちろん、誰だって大切な人の思いに応えようと、さまざまなことをするだろう。それは、金を得ることかもしれないし、食事を作ったり衣服を調（ととの）えたりすることかもしれない。だが、ふつうの人が日常で行うそれらとは違い、自分は歌と舞で誰かの思いに応えることができる。

成範が静を「他の者とは違う」と言っていたのは、このことかもしれない。舞いながら静はふとそう思った。

今はいくらでも舞える。いつまででも舞える。このまま天に昇っていけそうなほど体が軽い。

やがて、桟敷の辺りで人々がざわつき始めた。

静の歌声が結句の「樋口」へ差しかかった時、空が曇り始めたのだった。地上は風が吹き始めていた。天空もまた激しい風によって雲が流されていた。

静は舞い続けた。風が袖をはたはたと翻し、扇を吹き飛ばしそうなほど強く吹いてもなお、舞い続けた。

「天のとがはの樋口あけたまへ」

下の句をさらにくり返す。その時にはもう、空は灰色がかっていた。

そして、静が下の句を三度歌い終えた時、ぽつぽつと雨が降り出したのだ。

「雨だっ！」

成範の感極まった声が、神泉苑に鳴り響いたのを静は確かに聞いた。続けて、わあっという歓声が雨音に混じって広がっていった。

「御座所（ござしょ）を早（はよ）うお移しせよ」

後白河法皇の桟敷の内では、大騒ぎが始まっていたが、静はその場から動かず、ゆっくりと空を見上げた。

風と雨にさらされるその身を庇おうとも思わなかった。この身に注がれる雨の雫は、すべて成範の賛辞のように思われる。

気がつくと、傍らに成範がいた。成範もまた、雨に打たれるがままの姿であった。

「そなたは日の本一の白拍子を目指せ。私が後見（うしろみ）となろう」

成範は瞬（まばた）き一つせずに告げた。人から期待される――それも成範のような人から期待される喜びが、体の芯を貫いていく。

「はい」

静は成範だけを見つめて答えた。そう答えるのは運命であった。迷いはまったくなかった。

第二章　総角一座

一

神泉苑での雨乞いの儀から五年を経た、寿永二（一一八三）年の春も終わりかけた頃。

「総角はいるかい」

総角の一座に、見知らぬ小男が訪ねてきて、戸口から白拍子たちの溜まり場に声をかけた。振付の確認をしたり、白粉を刷いたりするのに余念のなかった女たちが、一斉に動きを止めて男を見る。

小男の顔は皺だらけで見場はよくないが、顔つきは猿を思わせて愛嬌がある。皺のせいでかなりな老人にも見えるが、声の張りは若々しい。

ちょうど紅をさし終えた静は、他の白拍子たちに目配せして、小男の前に進み出た。

「座長さんなら奥ですけれど、どちらさまでしょう」

小男は静の所作をまるで値踏みするように見ていたが、

「俺は猿丸という者だ。そう伝えてくれれば分かる」

と、ややあってから答えた。

後ろの白拍子たちの間から、小さな忍び笑いの声が上がる。男の風貌と名前があまりに一致しているのがおかしかったのだろう。

猿丸は怒るでもなく、にまっと笑った。それがまたおかしいと、女たちは遠慮のない笑い声を立てる。

誰かに総角を呼びに行かせようと、振り向きかけた静はちょうどその時、猿丸の背後の人影に気づいた。みすぼらしい形の少女が一人、身を強張らせている。痩せこけた少女は、まるで睨みつけるような目で、部屋の中にいる白拍子たちを見据えていた。

静が振り返ると、誰かに声をかけるより先に、琴柱が立ち上がった。

「静姉さん、私が――」

琴柱ももう十六歳、一座の中では立派な働き手だ。静がこの一座を負って立つ白拍子となってから、静より年上の姉弟子たちはほとんど引退するか、余所へ移った。今はもう、二人に冷たい目を向ける者もいない。

だが、琴柱のよく言えば大らか、悪く言えば大雑把なところは今も変わらず、立ち上がるにも立ち去るにも衣擦れの音が騒々しい。

「琴柱、ふだんから舞を舞うつもりで振る舞いなさいと、いつも言っているでしょう」

静は琴柱の背に声をかけた。琴柱はあっと動きを止めると、振り返って、しまったというように笑ってみせる。

「しようのない子ね」

琴柱が先ほどよりは淑(しと)やかに立ち去っていくのを見届けてから、客人の方へ向き直ると、猿丸が「あの娘はまだまだだな」とでもいうような目つきをしていた。

やがて、琴柱に連れられ、女座長の総角が現れた。

五年前から太(ふと)り肉(じし)だったが、今はさらに胴回りの肉がつき、かつて舞人だった面影すらない。

「あれまあ。猿丸とは、ずいぶん久しぶりじゃないか」

総角は猿丸を見るなり、ぞんざいな口を利いた。前に来たのは十五年ばかりも前だったか、などと呟(つぶや)きながら、戸口の敷居までやって来る。静が場所を空けると、総角はそこに座った。

「お前さんも変わったね。昔は、ここにいる女たちのように、ほっそりしていたもんだが」

遠慮のない口ぶりで、猿丸は言った。

「余計なお世話だよ。まあ、せっかく来たんだ。中でゆっくりしていくといい」

総角は猿丸を奥へ通そうとしたが、猿丸は片手を上げて、それを制した。

「いや、今はゆっくりしていられん。しばらくは都にいるから、昔語りはまたにさせてもらうよ。今日はちょいと頼みごとがあって来た」

「頼みごと――？」

「実は、この娘を預かってもらえないかと思ってね」

猿丸はそう言って、後ろにいた少女を前へ押しやった。

齢(とし)の頃は、十三、四といったところ。着ている小袖は身の丈に合っていない。褶(しびら)だつものを前掛けのように巻いているが、これも薄汚れている。

しかし、静が何より惹(ひ)きつけられたのは、少女のきれいな顔立ちであった。整っているばかりでなく、特に目立つ大きな目には強い光が宿っている。

「この子を育てて、白拍子にするって話でいいのかい」

即答はせず、総角は猿丸に訊き返した。すると、

「あたしは白拍子になんかならないっ！」

猿丸が返事をするより先に、少女の口から激しい声が上がった。憎悪さえこもったような物言いだが、皮肉にも声はきれいに澄んでいる。あら、この声は白拍子となるのにうってつけだわと、静はこっそり思った。おそらく総角もそう思ったに違いないのだが、少女の言い草には腹が立ったようで、

「何なんだい、この子は――？」

と、不機嫌さを隠さなかった。

「じゃあ、俺のとこで傀儡女になるのか」

猿丸が困惑したような声で、少女に訊く。だが、少女は首を激しく横に振った。

「お前が傀儡女にだけはなりたくないっていうから、ここへ連れてきたんじゃないか」

猿丸の語気が少し強くなる。

「お前さんに養われていながら、ずいぶんな言い草だね」

総角はつけつけと言った。

「よくもまあ、こんな生意気な小娘に、飯を食わせてきたもんだよ。傀儡女にならないのなら、元手だって取れやしないだろうに……」

「こいつは飯炊きや縫物はよくするんでな。人形の衣装なんかも上手に縫う。とはいえ、俺が面倒を見たのはほんの半年くらいで、近江の湖のほとりで拾ったのさ。他の傀儡の一座から逃げ出してきたところをな」

猿丸は声を和らげ、少女を庇うように言った。

「ふん。おおかた、客でも取らされそうになって逃げたってとこだね」

傀儡の女たちが春を鬻ぐのは当たり前の風習である。だが、その言葉を聞くなり、少女はそれまで以上に険しい表情になり、目には悔し涙を溜めた。

「あたしは、遊女じゃない！」

少女は再び、足を踏ん張る格好のまま叫んだ。

「傀儡女にもならないし、白拍子にもならない」

「ちょいと、お前」

総角が凄みのある声を発した。

「白拍子は歌と舞でお客さまを楽しませるもんだよ。春を鬻ぐのが生業じゃない」

「だとよ」

猿丸が少しくだけた口ぶりで、少女を力づけるように声をかける。

「まあ、ものになりそうかどうか、ちょいと面倒見てやってくれ。白拍子が駄目なら、雑仕女の働き口でもいい。どっちにしろ、俺の一座には置いとけないからな」

猿丸はそう言い置くと、少女を残したまま帰るそぶりを見せた。

すると、少女は急に不安になったのか、猿丸の方に体ごと向き直った。何だかんだ言っても、拾って面倒を見てくれた猿丸を信頼しているのか。だが、猿丸の方は気に留めるふうもなく、もう歩き出している。

「ちょいと、待ちなよ」

行きかけた猿丸を、総角が追いかけて呼び止めた。少女を押しのけるようにして、戸の外へ出る。

少女は猿丸の背を目で追いかけた格好のまま、立ち尽くしていた。

「新参の子ですか」

琴柱が静の傍らに寄り、話しかけてきた。

「さあ、まだ分からないわ。座長さんがどうするつもりなのか」

静は答え、「ねえ、お前」と少女に声をかけた。少女は静たちに目を向けたが、その目つきは今も刺々しい。

「私は静で、この子は琴柱というの。お前の名は何というの」

静が尋ねても、少女は口を結んだまま、開こうとしなかった。

「何よ。静姉さんが尋ねているのに、生意気な子ね」

琴柱はたちまち腹を立てた様子で言った。

「いい？ この静姉さんはね、五年前に神泉苑での雨乞いで舞人を務め、雨を降らせたお方なのよ。法皇さまから『日の本一の白拍子』って言われたんだから」

琴柱は我が事のように誇らしげに言い、胸をそらす。

「何を偉そうに。春を鬻いで日の本一になったって、胸を張って言えるようなことじゃない」

少女は先ほど総角にしていたのと同じように、つけつけした口調で言った。

「何ですって」

琴柱がいきり立つ。

「さっきの話を聞いていなかったの？　うちは春を鬻ぐようなことはしていない。そもそも、白拍子とはそういうものじゃないし、お前は勘違いをしているのよ」

静は琴柱をなだめながら、少女に言った。

「ふん」

少女はいかにも疑わしいというふうに、鼻を鳴らした。

「お前、いったい何さまのつもり」

琴柱が腰を上げかける。

「お待ち」

その時、猿丸を送り出して戻ってきた総角が、大きな声で二人を制した。

二

総角は肩をそびやかすように少女の前に立つ。大柄の総角に仁王立ちされると、強気な少女もさすがに少しばかり怯んだ顔を見せた。

「猿丸はもう帰ったよ」

総角は少女に告げた。

「今しばらくは都にいるそうだけど、どっちにしても、お前の身はいったんあたしが預かったからね。ここでは、あたしの言うことを聞いてもらう」

総角の有無を言わせぬ物言いに、少女は抗いこそしなかったが、不服そうな表情を浮かべた。

「あの猿丸という方は傀儡の座長さんなのですか」

先ほどの総角と猿丸の会話を思い出し、静は総角に訊いた。

「ああ、しばらくは四条河原辺りを足場に、あちこちのお邸へ推参するみたいだね」

総角は室内へと足を進めながら答えた。推参とは招かれもしないのに勝手に押しかけることで、芸と名を売る手段の一つである。

「今宵は桜町中納言さまのお邸に呼ばれているって言ったら、何やら思案していた。推参の算段でもしていたのかね」

総角はそんなことまで言い、「そうそう」と思い出した様子で続けた。

「あの男は、桜町中納言さまとゆかりがあってね」

と、続けて言う。静は思わずどきっとした。

「桜町中納言さまのお父上、信西入道さまにお仕えしていたことがあるんだよ」

「猿丸さんが、ですか」

静は目を瞠って総角を見返した。

信西入道といえば、静の母磯禅師の師匠である。猿丸が信西に仕えていたというのなら、おそらく母と同じように芸の才を見出されてのことなのだろう。

桜町中納言成範はその信西の息子である。

五年前の雨乞いの儀以来、成範は約束通り、静の後ろ盾となってくれた。そして、成範が信西の息子と知った時から、静の胸には「成範と母は知り合いではないか」という疑いが生じている。

だが、これまで成範が静の前で、磯について口にすることはなかった。静もまた、自分が磯の娘だとわざわざ打ち明けはしなかった。静が明かせば、二人の関わりの有無も分かったろうが、知るのが怖くもあった。磯の娘だから目をかけてもらえたと、否応なく知らされるのはつらかった。自分の舞そのものが成範の心を動かした、と信じていたかったからだ。

信西は平治の乱で殺されてしまい、成範は連座によって流罪に処された。それから間もなく帰京して、後白河法皇の側近として復帰したが、磯が静を産んで白拍子を辞めたのは、平治の乱から七年も後のこと。母が信西のもとにいた当時、成範と顔を合わせたことはあっても、その後、都を離れた成範とつながりはないはず——そう思い込もうとしてきたが……。

やはり、二人は知り合いだったのだろうか。そして、二人ともそのことを自分に黙っていたのだろうか。

総角にそのことを尋ねてみたいと思ったが、一瞬の躊躇を覚えた隙に、「そういやそうと」と総角の話は他へ移っていってしまった。

「今宵の桜町中納言さまの宴の席にゃ、大事なお客さまが招かれているんじゃなかったっけ」

「はい。今夜の主賓は花山院家のご当主さまです」

静に代わって、琴柱が返事をした。

「ああ。故相国さま（平清盛）のご息女を娶られたお方だったね」

納得したふうにうなずいたものの、「そうそう」と、総角は慌てて付け加える。

「今宵の席で花山院家の北の方（正妻）のお話はするんじゃないよ。くれぐれも気をつけな」

「どういうことですか」

琴柱が不思議そうに問う。静も何の話か分からず、総角に目を向けた。

「花山院さまの北の方は、かつて桜町中納言さまの許婚だった方なんだよ」

「それじゃあ、花山院さまが桜町中納言さまから、その方を奪い取ったということですか」

琴柱が興味津々という表情で尋ねた。

「奪い取るなんて、そんな大仰なことはありゃしないさ。桜町中納言さまは許婚だった姫君の顔も知らないだろうよ。ほら、平治の乱で中納言さまが流罪になったもんで、故相国さまが約束を反故にし、その姫君を別の方に宛てがったというだけのことさ」

「だから、今は何ごともなく、宴の席にお招きできるのですね」

「ああ。とはいえ、お二方にとっちゃ面白い話題じゃないからね。それに、花山院さまの北の方は、今じゃ床に臥せっておられるとかいうし。確か、その北の方の異母妹の姫が身の回りのお世話をしているうち、花山院さまのお手付きになったんじゃなかったかねえ」

その辺りの事情はよく知らないらしく、総角の物言いもあいまいになる。しかし、いずれにしても、今宵の宴で花山院家の北の方については口外無用――と、静と琴柱は総角に約束させられた。

「よし。それじゃあ、次はお前の処遇だね」

総角は話に一区切りつけると、まだ戸口の外に突っ立っている少女に顔を向けた。

「まずは、こちらへ上がってきな」

総角が言うと、少女は一歩分だけ室内に足を踏み入れる。

「お前、名前は何て言うんだい？」

「……葛の葉」

しばらく躊躇するふうではあったが、やがて少女は肩の力を抜いて、ぼそっと答えた。

「ほう。悪くない名じゃないか。そのままでも宴の席に出られるよ」

総角は楽しげな口ぶりで言う。

新たに名をつける場合は、売れっ子の白拍子にあやかることが多い。たとえば、祇王という白拍子が平清盛に寵愛されていた頃、「祇」の字を持つ白拍子は大勢いた。もっとも、祇王が清盛に捨てられると、白拍子たちの名前から「祇」の字はすっかり消え失せてしまったが……。

「まあ、名前はそれでいいとしても」

そう言いながら、総角は戸口の近くに座り続けている静と琴柱に、ちらと目を向けた。

「取りあえずは、歌と舞を仕込まなくちゃね。静、この子はお前に預けるから、しっかり面倒を見ておやり」

「分かりました」

と、静は答えた。琴柱のようにかわいらしく懐いてはくれないだろうが、これも一座を率いる白拍子としての役目である。

「琴柱、お前もだよ」

総角は琴柱にも声をかけた。

「葛の葉はお前の妹弟子でもあるんだから、静と一緒に葛の葉の面倒を見ておやり」

琴柱は少し不服そうな顔をしながらも、「はあい」と返事をする。

「それじゃあ、今宵の宴席はしっかり頼んだよ。桜町中納言さまのお邸は桜の花盛りだろうからね。何より桜を愛でておられる中納言さまのこと。失敗は許されないよ」

総角は白拍子たちに気合を入れた。

桜町中納言と呼ばれるように、成範の邸には桜の木が多く植えられている。これは成範自身が見つけた桜の名木を、あちこちから取り寄せて増やしていったものだ。それほどに桜を愛している成範は、この季節に自邸でよく宴を開く。静も毎年宴の席に呼ばれたが、いつ見ても、成範ほど桜の花に似つかわしい人はいないと思っていた。

やがて、白拍子たちはそれぞれ化粧や楽器の手入れ、振付のおさらいなど、各々の作業に戻っていった。

「さて、葛の葉、お前も中納言さまのお邸に供としてお行き。しかし、その格好というわけにもいかない。あたしが支度してやるから、こっちへおいで」

総角は再び葛の葉に目を戻して告げた。ところが、この時、

「あたしは白拍子にはならないって言ってるのに！」

葛の葉が甲高い声で叫び立てた。

「お前、今参り（新参者）のくせに、まだそんなこと言ってるの」

琴柱が負けまいと声を張る。総角に注意されて一度はこらえたものの、まだ葛の葉への怒りがくすぶっていたのだろう。

「おやめ」

総角がぴしっと鞭打(むちう)つような声で言う。

「葛の葉は白拍子になると決まったわけじゃない。どこぞのお邸で雑仕女になる道だってある。けどね、ここにいる間は働いてもらうし、稽古もさせる。ただで飯を食わせてやるほど、あたしは甘くないからね」

総角はそう言うなり、葛の葉の細い手首をつかむと、引きずるようにして奥へ向かった。葛の葉もそれを振り切るほどの気強さはないらしく、そのまま奥へ引っ張られていく。二人がいなくなると、白拍子たちの溜まり場には元の静けさが戻ってきた。

「まったく、ろくでもない子が来たもんね。静姉さんもあんな子の世話、忙しいからって断ればよかったのに」

琴柱は口を尖らせたが、

「でも、まあ、そういう厄介ごとを引き受けちゃうのが、静姉さんなんですよね。私の時もそうだったし」

と、最後は苦笑を浮かべて言う。

「お前は別に厄介な子じゃなかったわ」

むしろ琴柱が味方になってくれて、独りぼっちだった静の方が救われたのだ。しかし、琴柱はあの時、静に救ってもらった恩は忘れないと、いつまでも感謝し続けてくれるのだった。

琴柱が七つで総角一座へ入ってきた時、初めに世話役として付けられたのは、姉弟子の小仏だった。当時九つの静はまだ妹弟子を付けてもらえるほどではない。

静はある日、琴柱が庭にうずくまって泣いているのを見た。名前は知っていたが、まだ親しく言葉を交わしたことはなかった。とはいえ、泣いている年下の少女を放ってはおけず、静は「どうして泣いているの」と優しく尋ねた。

「小仏姉さんから叱られて」

泣きじゃくりながら琴柱は答えた。聞けば、小仏の化粧道具の整理を命じられた際、好奇心から紅の容れ物を開けてしまったという。白い陶器にはつややかな紅がぬめりを帯びた輝きを放っていた。

「勝手に使っちゃったの？」

静が訊くと、琴柱はふるふると首を横に振る。そういう気持ちはよぎったが、既のところで踏みとどまれたのだと、琴柱は訴えた。だが、紅の蓋を戻そうとしたところを小仏に見咎められ、盗人呼ばわりされたという。

「お前は悪いことはしてないのでしょ。だったら、もう泣かなくていいのよ」

静は琴柱の背をさすりながら、「ほら、笏拍子の花が笑っているじゃない」と、足もとに咲く白い花を指して言った。

「笏拍子……?」

琴柱は泣き顔を上げて問う。

「楽器の笏拍子は知っているでしょ」

静が問うと、琴柱はうなずいた。笏拍子とは公家の持つ笏を二つに割った形をしているので、そう呼ばれる楽器である。二枚の板を打ち合わせて拍子を取るのに使う。

「この花は、二本の茎がぴんと天へ伸びているでしょ。そこが楽器の笏拍子みたいだから、そう呼ばれているの。あたしたち白拍子の花なのよ」

先端へ向かって二本に分かれた茎には、粒状の小さな白い花が連なっている。

「白拍子なんて」

琴柱は激しい口調で言い、そのまま下を向いた。

「小仏姉さんに叱られて、もう白拍子になりたくなくなっちゃったの?」

静は訊いた。琴柱はうつむいたまま答えない。

「白拍子の舞はとてもきれいだわ。烏帽子(えぼし)も赤い袴もあたしは好き」

静は袂(たもと)から白い陶器を取り出し、「これあげる」と琴柱に差し出した。蓋を開けてみせると、紅が入っていたので、琴柱は目を瞠っている。

「これ、小仏姉さんの……」

「違うわ。これはあたしのよ」

　紅の容れ物はどれも白い陶器製だが、よく見れば違うことが琴柱にも分かったようだ。それでも受け取ろうとしない琴柱に、「あたしは他にも持っているからいいの」と言い、静は紅の容れ物を握らせた。すると、琴柱の泣き顔にようやくかすかな笑みが浮かんだ。

「あり……がとう。静姉さん」

　琴柱は紅の容れ物をぎゅっと握り締めて言った。

　事件が持ち上がったのは、それから数日後のことである。小仏の紅がなくなったのだ。小仏は琴柱が盗んだと言い、琴柱の荷物が調べられ、そこから静のやった紅が出てきた。

「前は許してあげたけど、今度はそうはいかないわよ」

　琴柱は小仏から笏拍子で何度も腕や足を叩かれた。

「待ってください。それはあたしが琴柱にあげたんです」

　静は琴柱を庇ったが、「まあ、お前まであたしに嘘を吐くの」と小仏から睨まれ、静も笏拍子で打たれた。

　その場は、小仏が叩き疲れたことで折檻はやめてもらえたが、その後、静は琴柱が一座を追われるらしいと耳にした。何でも、小仏が総角にそう頼んだらしい。

「あら、それじゃ、あの子を買ったお金はどうなるの」

「そりゃあ、実家から返してもらうんでしょ。あの子の親も哀れよねえ」

姉弟子たちのひそひそ話を耳にした静は、すぐに総角のもとへ向かった。その場に項垂れた琴柱がいた。ちょうど因果を含められているところらしかった。

「座長さん。琴柱を追い出さないで。あたしの妹弟子にしてください」

静は訴えた。琴柱が泣き腫らした顔を上げて静を見る。

「でもねえ、人のものを盗むような子をここに置いておくなって、小仏が言うしねえ」

総角は小仏の言い分を認めているようであった。静は自分が琴柱に紅をやったことを告げた。

「母さまからもらったのを琴柱にあげたんです。あたしも同じ容れ物のを持ってます。小仏姉さんは容れ物が似ているから間違えただけなの」

驚いたことに、琴柱は静から紅をもらったことを総角に告げていなかった。どうして話さなかったのかと問うと、これ以上静に迷惑をかけたくなかったと涙ぐみながら言う。

その後、琴柱が持っていた件の容れ物が、静の容れ物と寸分違わぬことが確かめられ、さらに家探しの結果、小仏の紅は牛車の中に落ちているのが見つかった。

琴柱は無事に総角一座に残ることができ、静は琴柱を妹弟子にすることが叶った。

この時から、琴柱は静にとって大切な者となった。大切な者を守るためには力を持たなければならない。白拍子にとっての力とは歌と舞の技量だ。一座の中での立場も、客となる公家たちからの扱いも、それで変わる。

静が五年前の雨乞いの儀に自分が出ると言ったのも、その思いからでもあった。そして、琴柱はそんな静の気持ちを誰よりも分かってくれる妹弟子となった。


「私、静姉さんからもらった紅、今も使わずに持っているんです」

琴柱はそう言い、自分が先ほど使っていた化粧道具の中から、何年も前、まぎれもなく静がやった口紅の容れ物を取り出してきた。


「どうして使わないの。今はお前も一人前の白拍子として、お化粧だってしているのに」

「何だかもったいなくて。静姉さんが磯禅師さまから譲られたものと思えばなおさら」

「そんなの、気にしなくていいわ」

静はぷいと横を向いて言った。自分も母の紅は使っていない、とは打ち明けられなかった。

「あれ、本当は母さまからもらったものではないのだもの」

代わりに別のことを白状する。

「えっ、そうだったんですか。それじゃあ」

「母さまの持ち物から勝手に持ち出したの。だから、盗人と言われてもおかしくないのは私の方なのよ」

「その後、磯禅師さまに見つかって、お叱りを受けたりしたんですか」

琴柱は気がかりそうに問うたが、静は首を横に振った。

「いいえ、母さまは今日まで何も」

「お気づきになってないんでしょうか」

琴柱は不思議そうな声で言う。

「そうなんじゃないかしら。だって、今の母さまには使い道のないものだし」

母がどうして使わない紅を取っておいたのか、静には分からない。もしかしたら、静に譲ろうと思っていたのかもしれないし、ただ思い出の品として取っておくつもりだったのかもしれない。

それでも、なくなったことには気づいただろうし、静が盗んだことも容易に想像できたはずだ。それなのに、母は何も言わなかった。

自分はどうして勝手に母の紅を盗んだりしたのだろう。ただ欲しいと言えば、あっさり譲ってもらえたかもしれないのに――。

本当は分かっている。別に、紅が欲しかったわけではないのだ。

欲しかったのはきっかけである。咎められるのをきっかけに、母がどうして白拍子を辞めたのか、静が白拍子になることをどう思うのか、訊きたかった。

もしかしたら、母が静を咎めないのは、そうした娘の思惑を察しているからだろうか。

だが、今はもうこだわるまい。母が認めてくれなくてもいい。母の代わりに、自分の舞を認めてくれる人がいるのだから。

（桜町中納言さま……）

成範さえ認めてくれるのなら、自分はただ成範のためだけに舞うことができる。その思いに支えられ、この五年舞い続けてきた。そして、今夜も——。

「静姉さん」

呼ばれて振り返ると、琴柱が気遣うような眼差しをしていた。

「今夜に向けたお稽古はいいんですか。いつもなら、嫌になるくらい稽古、稽古って言うのに」

琴柱はわざと明るい笑顔になって言う。

「嫌になるくらいは余計よ。そうね、今からすぐにお稽古を始めなくちゃ」

「そうですよね。他ならぬ桜町中納言さまの宴席ですもんね」

琴柱の目の奥には、からかうような笑みが浮かんでいる。静は心の動揺を見透かされまいとするかのように、すばやく立ち上がった。

「一通りおさらいをしたいから、広い稽古場へ行きましょう。琴柱は笛をお願いね」

やや早口で告げると、「はあい」と、琴柱が笑いを含んだ声でのんびりと応じる。

静と琴柱は連れ立って稽古場へと移動した。そこで、琴柱がいつものように北側の壁を背にして正座をし、笛をかまえる。

今宵の曲は『越天楽今様』。雅楽の曲で格調高い『越天楽』に、青蓮院の門主慈円が歌詞をつけたもので、当世、最もてはやされていた。

静が扇を手にかまえると、琴柱が笛を吹き始めた。

「春の弥生のあけぼのに、四方の山辺を見渡せば……」

やや低めの深みのある声で歌いながら、静はゆるやかに舞い始めた。

三

『越天楽今様』は春から始まり、順に夏、秋、冬の景色を歌う。そのため、どの季節でも舞うことができたし、宴の席で舞うのにめでたい歌とされていた。

あの神泉苑の雨乞いの折に見出されてから、静は何度もこの曲を成範の前で舞った。成範が主催する宴に招かれたこともあれば、別の客に呼ばれた席に成範がいたこともあった。

成範は総角一座に金銭の援助もしてくれた。抱えの白拍子たちが春を鬻ぐことを強いられないのも、成範の後ろ盾あればこそである。そのため、一座の女たちは皆伸び伸びしていたし、静は静で他のことにわずらわされず、芸に打ち込むことができた。

(私は日の本一の白拍子とならなければ――)

それこそが、神泉苑での雨乞いの後、静が深く心に刻んだことである。成範との出会いを経て、舞への真剣さの度合いは増した。成範は静が白拍子として世に立つことにおいて、誰よりも必要な人となったのである。そんな成範に対する想(おも)いが、さらに変貌したのは、今からちょうど一年前の春の夜のことであった……。

その日の晩、静は一人で成範の邸へ来るようにと言われた。総角は妙に思い、成範の邸で宴が催されるかどうかを調べてくれた。

その晩、宴の予定はなかった。そうなれば、求められることが限られてくる。

「お前ももう十七、夜伽(よとぎ)を命じられるかもしれない。それが嫌なら、初めから伺うのをお断りした方がいい」

と、総角は言ってくれた。よもやそれで成範が機嫌を損ね、一座への援助を打ち切ることはないと思えたが、総角がそれを案じていることは静にも分かった。

「何を言ってるんですか、座長さん。静姉さんは桜町中納言さまをずうっとお慕いしてるんですよねえ」

静の横でませた口を利いたのは、琴柱だった。言われて初めて、どきっとした。成範のことを慕っていたのは事実であるし、自覚もあった。才を見出してくれた人、背を押してくれた人であり、後見人となってくれたことに感謝もしていた。総角の一座に対する厚遇をありがたいとも思っている。

だが、成範の妾（しょう）になる自分の姿を想像したことはなかった。それらしい態度に察しがつかぬほど鈍くはないと思うが、成範に限って、そういうことは一度もない。

とはいえ、成範の妾になると想像しても、不快ではなかった。

「そうなってもいいのかい、静」

総角から改めて問われた時、静は「はい」と答えていた。

「でも、夜伽を命ぜられることはないと、私は思います」

静が付け加えると、総角は「そう」と言ったが、

「一応、その心づもりで出かける支度をしておきなさい」

と、続けた。琴柱の方はすっかり舞い上がっており、

「落ち度のないようにお支度しなくちゃ。紅は玉虫色に輝くのがいいですよね」

あれやこれやと静の支度に口を挟んでくる。挙句は、

「静姉さんはいいなあ。あんな素敵な殿方から選んでいただけて……」

と、静をうらやましがる始末であった。桜町中納言はすでに四十を超えているはずで、静や琴柱から見れば、父親ほどの齢（よわい）だが、そのくらい年上の恋人を持つ白拍子は少なくない。

同い年くらいの若い恋人だと、ちょうど正妻を迎える時期と重なったりして、きちんと妻妾として認めてもらえなかったり、何のかのと邪魔が入って、結局は仲の続かないことが多かった。だから、琴柱が静をうらやましがる気持ちは分かる。

「でも、私だってまだそうしていただけると決まったわけじゃ」

「決まっています。静姉さんのお美しさが分からない殿方なんていないわ」

琴柱からそんなふうに言われるうち、静も何やら晴れがましく、胸がどきどきするような気分になってきたのは確かであった。

烏帽子に水干という男物の衣装が、白拍子お決まりの装束である。静の支度が調うと、

「一通り、舞のおさらいをしていきな」

と、総角に言われた。琴柱の吹く笛に合わせて、この時舞ったのも『越天楽今様』であった。ただの稽古とは異なり、本番の装束を着けて舞うのは心も体も引き締まる。

「静姉さん、本当にお上手だわ」

舞い終えた時、琴柱は手放しで褒め称えたが、総角は「うーん」と唸った。

「座長さん、どこかまずかったでしょうか」

「いや、どこもまずくはないよ。相変わらずお前は舞の名手だし、日の本一の名にも恥じない。けど、何かが足りないんだよねえ」

総角はこれまでも静の舞を見て、口をつぐんだり、首をかしげたりすることがあった。

師匠が満足していないことは静にも分かっていたが、問うても「いや」とかわされることが多かったのである。だが、この日、首をかしげながらも総角は続けた。

「ちょっと突き放した冷たい感じがするせいかねえ。巫女の舞だと言われりゃそうかと思える。だから、雨乞いの舞とかならいいんだよ。だけど、人を楽しませる宴の席での舞となるとね」

「何かが足りないとおっしゃるんですね」

「まあ、手の向きをこう、とか言って、教えてやれることじゃないんだけどねえ」

結局、こうすればいいということは教えてもらえなかったが、この日はそれ以上の稽古を重ねることもできず、静は一人で牛車に乗り、桜町中納言の邸へ向かった。招かれたのは寝殿の母屋で、宴が行われる時と同じ場所であった。

この母屋は南の庭に面しており、季節によってはそこに舞台が設けられることもある。その晩は舞台があった。そして、広い母屋には客は一人もおらず、成範一人がいた。

「今宵は他に客はいないが、舞を見せてほしい」

と、成範は言った。

「かしこまりました」

静はその前に手をついて頭を下げる。

だが、いつもなら一座の仲間がしてくれる音曲を吹奏する者がいない。

「あの、音曲は……」

「私が笛を吹こう」

と、成範は告げた。

「承知いたしました」

顔を伏せた時、胸の底から喜びが湧き上がってくるのが分かった。

成範の笛に合わせて舞を舞う——何と素晴らしいことだろうか。

最高の舞を舞いたいと静は思った。

ひそかに成範の様子をうかがうと、桜襲(さくらがさね)の直衣(のうし)に少し渋めの蘇芳(すおう)色の指貫(さしぬき)が目に映った。色彩は艶(あで)やかで若々しいものだが、成範にはその装いが何ともよく似合っている。

折しも桜の季節だ。

成範が特に見事な枝ぶりの木をわざわざ選んで、植え付けたという桜の木々が母屋の前の庭を彩っていた。満開はすでに終わっていたが、桜の花びらが少しずつ舞い落ちていくのが見える。

（このお方ほど、桜の似合う殿方はいらっしゃらない）

その日の成範を見て、静はそう思った。桜の木が人の姿を取って現れたと言われても信じられる。若い桜の木ではなく、年を経て老木になりかかった木——だが、満開の花を咲かせる命の輝きは若木よりもまばゆいような、桜の木の精、それが成範だった。

「曲は『越天楽今様』でよいな」

笛を用意した成範から言われ、静は迷わず「はい」と応じた。ちょうど稽古をしてきたばかりだ。総角に言われたことが気にならないわけでもないが、今は忘れようと静は思った。

『越天楽今様』——春は桜花の盛り、夏は薫(かお)り高い橘(たちばな)や菖蒲(しょうぶ)、秋は嫋々(じょうじょう)たる月、冬は人恋しい山路(やまじ)の雪——四季それぞれの美しさ、艶やかさ、切なさ、侘(わび)しさを思わせる曲だ。

静が外の舞台に立つと、薄紅色の花びらが目の前をよぎっていった。ややあって、成範の笛が奏でられ始める。

「春の弥生のあけぼのに、四方の山辺を見渡せば……」

静は扇を手に、滑るように舞い始めた。

今宵、求められているのは、雨乞いの時のような力強い舞ではない。

——季節ごとの風物、景色、風、香り。それらが舞う手先、足先のすべてから感じられるように。

かつて成範から言われた教えを思い浮かべ、成範の吹く笛の音色に身を任せた。

そして、舞が終わった時——。

頭の天辺(てっぺん)から爪先まで、静は心地よい疲労に包まれていた。それでいて、まだまだいくらでも舞うことができる。

「ここへ」

静が舞い終えると、成範は笛を収めて静を招き寄せた。静は舞台から下り、成範の前まで赴いた。

「見事な舞であった。これを授けよう」

成範はそう言うと、用意してあったらしい女物の袿（うちぎ）をふわりと自ら身に纏い、それから立ち上がると、跪（ひざまず）いている静にそっと着せかけた。貴人が身に着けているものを与えるのは親しさの表れだが、形ばかりそれを示してくれたのであろう。

その時、ふわりと香（こう）がにおい立った。成範が袖に薫（た）き染めたのと同じ香が、被（かず）けものの装束にも移り込んでいる。

（これは、伽羅（きゃら）の……？）

香は各人が好みに応じて、練香を作って使うもので、季節によってもその配分は変わる。その中心となるのが沈香（じんこう）で、中でも希少で高級な品が伽羅であった。

成範の香には麝香（じゃこう）も練り込まれているのだろうか。酔ったように、身も心も軽くなる錯覚を、静が覚えたその時、

「今宵のそなたは桜の精のようであった」

と、成範は独り言のように呟いた。その言葉が、ふわりとした酔い心地の中で、静の

心をとらえた。

「人ならざる何かをのせてそなたは舞う。まさにそなたにしかできぬ舞だ。私は見事な舞人を見出した」

これまでも舞を褒めてもらったことはあったが、他に人がいないせいか、この夜の成範は饒舌(じょうぜつ)であった。成範の賞賛は伽羅の香りよりも静を酔わせてくれる。成範が望むのであれば、いっそ永久(とこしえ)に桜の精になって舞い続けていたい――と、静は思った。舞っている時だけは、成範のそばに寄り添い、成範と二人だけの世界に生きることができる。他の誰も交えぬ二人だけの世界、桜吹雪の舞うこの上なく美しい世界に――。

だが、そうした静の夢想は、続けて呟かれた成範の言葉によって断ち切られた。

「そなたのように舞う女を、私は昔、一人だけ知っていた」

静の心も知らぬげに、成範はしみじみと口にしたのだった。

それは、静の舞を褒めた時よりも、ずっと真情のこもった言葉であった。

「その方は、今は――」

成範の心を奪う――それも、女としてではなく舞人として心を奪うその女を、静はひそかに妬ましく思った。舞人として、その者に勝りたいと思った。

「その者は遠い昔に、舞うことをやめてしまった」

成範はどこか疲れたような口ぶりで告げた。

ふと、嫌な予感が走った。成範ほどの男を魅了する舞手で、遠い昔に舞をやめた女――母の磯禅師はそれに当てはまらないか。まして、母の師匠である信西は、成範の父でもある。

これまでも、成範と母が知り合いだったのではないかと思うことはあった。だが、それならば成範の口から母の話が出てきたはずだ。少なくとも、これまで一度もそういうことはなかった。

――中納言さまがおっしゃっているのは、もしや私の母なのですか。

気になるのなら尋ねればいい。だが、静の口はなぜか動かなかった。そして、成範もまた、その舞をやめた女についてそれ以上語ることはせず、

「そなたはこれから先、ずっと舞い続けることができるか」

と、急に問いかけてきた。

「えっ」

静は問いかけられたことの意味が分からず、とっさに声を上げてしまった。

静の舞人としての人生はまだ始まったばかりである。今から、舞をやめる時のことなど考えているはずもなかった。そんな静の思いが伝わったのだろう。成範はおもむろに口を開いた。

「舞を捨てるか、捨てまいか――いずれそなたも悩むかもしれぬ。だが、この先、何が

あろうと、舞を捨てないでいられると思うか」

考えてみたこともない問いに、静は答えられなかった。

「私は……見てみたいのだ」

静の返事を待たずに、成範は呟いた。

「才ある者が舞に生涯をかけ、芸の頂に達する姿をな」

「中納言さまは、私がその才ある者だとお思いになってくださいますか」

静は思わず問いかけていた。

静の強い眼差しを受け止めた成範は、ほんの少しの間、沈黙していた。それから、

「そなたには、才がある」

と、一語一語を区切るように、ゆっくりと告げた。

「ありがとうございます」

静は即座に頭を下げて答えた。

「静は、舞を捨てずに精進してまいります。その姿を、中納言さまに見ていただきとうございますゆえ」

成範は無言でうなずいただけであった。だが、その答えを聞きたかったと言われたような気が静はした。

「今宵はご苦労であった。もう帰るがよい」

ややあってから、優しく言われ、静は戸惑った。総角や琴柱が口にしていたようなことは、成範の脳裡（のうり）にはまったく浮かんでいないようである。

では、成範は何のために自分を今宵呼んだのだろう。静にずっと舞い続ける覚悟があるかどうか尋ねるためだろうか。とすれば、それは自分が思う以上に、成範にとっては重い問いかけだったのかもしれない。

「あ、あの……」

このまま帰る気にはなれず、思わず静は声を発していた。

「何だ」

改めて問い返されると、何を訊けばいいのか分からなくなる。その時、出かける前に総角から言われたことがよみがえってきた。

「座長さんから、お前の舞には何かが足りぬと言われました。冷たい感じがするとも」

実際の宴席で静の舞を見た客たちは、賞賛することしきりで、そんなふうに言われたことはない。この時、成範は「そうか」と呟いた。さほど驚いた様子も見せないのは、ある程度の見る目を持つ人にとっては、自分の舞の至らなさが同じように映っているのかもしれない。

「静めはどうしたらよいのでしょうか。自分では足りないものが何か、よう分からないのです」

「足りないものがあるならば、いずれおのずと身につける時が来るだろう。無理に焦ることはない」

成範は穏やかな声で答えた。そう言われると、「……はい」と引き下がるしかない。

その晩、静は何ごともなく、一座の館へ帰った。総角からは拍子抜けしたような顔で迎えられ、琴柱からはまたの機会があると慰められた。

だが、静の心に落胆はなかった。成範の笛に合わせて舞った『越天楽今様』は、これまでのどんな舞よりも濃密なものであった。

（私は決して舞を捨てたりしない）

そう思った途端、舞を捨てた母のことが思われ、成範と過ごした時の高揚した気分が少し冷まされた。

（あれが母さまのことなら、中納言さまがそうおっしゃらないはずがない）

だから、母のことではないはずだ。では、母以外の誰なのかと気にならないわけでもないが、今は余計なことは考えたくなかった。静は成範から賜った袿を顔まで引き寄せた。ふわりと伽羅の香が鼻をくすぐる。

（私が芸の頂に立って、それを中納言さまにお見せいたします）

そう誓い、静はその晩、成範の香りに包まれて眠った。

「……思ひやるこそあはれなれ」

静が『越天楽今様』の最後の詞を歌い終えてからややあって、琴柱の笛の音色も果てた。

「お見事でした。一段と気迫がこもっていたのは、今夜が桜町中納言さまのお邸の宴だからですね」

琴柱がからかうように言う。

「私はいつでも真剣よ。さ、出かけるまでに、もう一度、おさらいしましょう」

一年前の春の晩より少しでも見事と思ってもらえるように舞いたい——そう思いながら、静は再び扇をかまえた。

第三章　桜町中納言の宴

一

「静姉さん、おきれいだわ」

支度をすっかり調えた静の男装を、上から下まで検めた後、琴柱はほれぼれとした口ぶりで言った。黒い烏帽子に白の水干、そして深紅の長袴を着けた静は、ふだんの女物の小袖姿よりもずっと艶やかだが、今日は特にそうだと、琴柱は微笑みながら言う。

静たちはこの日の宵、予定通り、桜町中納言の邸へ参上した。葛の葉はしぶしぶながら、静たちの供をして、今も控えの間にいる。総角のあつらえた小袖に着替えると、見違えるほどきれいな少女に変貌した。

「いいこと。お前はずっとこの控えの間にいなさい。勝手に動き回るんじゃないのよ」

白拍子たちがそろって宴席に向かう直前、琴柱は葛の葉にそう命じた。

「あたしはあんたたちの下女じゃない」

いちいち命令するな、とでもいう口ぶりで、葛の葉が言い返した。

「そんなに白拍子が気に入らないなら、どこへでも行けばいいわ。ただし、近頃は田舎から上洛してきた荒武者がうろうろしているから、気をつけることね」

琴柱も負けじと言い返す。葛の葉はぷいと横を向いた。

「葛の葉」

静が注意しようと呼びかけても、顔を背けたまま。すると、

「静姉さん、こんな子の面倒、もう見てやることないわよ」

琴柱が静の腕を取って、嫌みっぽく言った。

「私たちが戻った時、お前がいなくなっていたら、一座から出ていったんだと思うことにするから」

もう行きましょ――と、静の腕を引く。静は「とにかくここから動かないようにね」と葛の葉に言い置き、控えの間を後にした。

「琴柱ったら、どうしてあんなにきつい言い方をしたの。ふだんはもっと優しいのに」

少し意外に思い、静が尋ねると、

「だって、あの子、明らかに白拍子を軽んじているじゃありませんか。私だけなら別にいいんです。けど、日の本一の白拍子である静姉さんを侮るのだけは、どうしても許せない」

と、琴柱は憤然とした様子で言った。

本当に、琴柱は優しい子だ。昔からちっとも変わっていない。

「……何ですか」

琴柱が妙な目つきを向けてきた。我知らず微笑んでしまっていたらしい。

「ううん。その様子なら大丈夫かなと思って」

静は明るい声になって言った。葛の葉も今はまだ、琴柱のことを意地悪なお姉さんと思っているかもしれないが、すぐに琴柱の本性を知って心を和らげてくれるだろう。

「さ、行きましょ」

静は自分から琴柱の腕を取り、足取りも軽く歩み出した。やがて、宴席の設えられた母屋に到着すると、すでに客人たちが東西二列に向き合う形で居並んでいる。最も奥まった南向きの席に座っているのが、邸の主人である成範と、今晩の主賓である花山院兼雅であった。

言葉を交わしたことはなかったが、花山院兼雅の顔は静も知っている。三十代半ばで、すでに権大納言に就任しており、平家の婿として羽振りがよいばかりでなく、後白河法皇の信任も厚い有力な公家であった。成範に劣らず上品で整った顔立ちをしていたが、この日の兼雅はあまり人目を引かなかった。なぜなら、兼雅のすぐ傍らに座っている女がまるで満月のように輝いて見えたからである。

静たちが御前に参上すると、客人たちの口からおおっという驚きと溜息が漏れた。中には、兼雅の傍らの女と静に対し、不躾な目を向ける客もいる。どちらが美しいか見定めてやろうとでもいうような、好奇な眼差しであった。

「今宵はまるで、地上に月が二つ降りたような……」

「これ、廊の御方のご身分を思えば、白拍子と比べるなぞ、おそれ多い」

「とはいえ、廊の御方の父君はともかく、母君は……」

「よさぬか。当のご本人も参っておられるというに」

　客人たちの間ではひそやかなささやき声が聞かれた。

　やがて、白拍子たちはいったん下がり、南の庭に設えられた舞台へ上がることになったが、その時、琴柱が静に耳打ちした。

「御覧になりましたか、廊の御方さまのお姿。花山院さまに侍っておられたあの……」

「ええ。水際立ってお美しい方ね」

「静姉さんには及びませんけれど」

　と、琴柱はしっかり姉弟子を持ち上げた後、さらに続けた。

「あの方ですよ。ほら、座長さんが言ってた相国さまの姫君」

「もしかして姉君のお世話をするうち、花山院さまのお手がついたっていう？」

　桜町中納言成範の許婚だった姫は花山院兼雅の正妻となったが、病に臥せった彼女に代わって、兼雅の寵愛を受けているのがその妹の廊の御方だという。

「廊の御方の母君は、あの有名な常盤御前さまなんですって」

琴柱がさらにこっそりささやいた言葉に、静は納得した。それならば、あの美貌は母親譲りということなのだろう。

平治の乱では、平家を率いる平清盛と、源氏を率いる源義朝が敵同士となって戦った。勝ったのは清盛側だが、敗れた義朝はこの時死んでいる。

常盤はこの義朝の妻の一人で、三人の男子を産んでいた。その後、常盤と子供たちは捕らわれたものの、常盤の命乞いによって子供たちの命は救われた。三人の遺児は寺に預けられることになり、常盤はその後、清盛の愛妾になっている。

やがて、常盤は清盛の娘を産んだ。それが、今、花山院兼雅のそばに侍っている廊の御方なのだ。

「今宵は、その常盤御前もここにお見えなんですよ」

琴柱の噂話は舞台に上がってからもさらに続いた。もちろん、静の衣装の形を調える手を休めたりはしていない。

そういえば、左右に居並ぶ客人たちの中には女人の姿もあった。それでは、あの中に常盤御前もいたのだろう。常盤御前が清盛の娘を産んだ後、一条長成という公家の妻になったことは静も聞いていた。その後、長成の子を産み、今は穏やかな暮らしぶりというが……。

評判高い常盤御前の姿を探したいという気持ちはあったが、舞台の上からでは客人たちの顔は見分けにくい。すでに琴柱も静のそばを離れて、舞台の端に座り、笛を口もとに当てている。いよいよ『越天楽今様』の舞楽が始まろうとしていた。

静は雑念を払いのけ、舞台の上から成範だけをじっと見つめた。他の者の顔立ちは分からずとも、成範だけは違う。一年前、ここで二人きりで会った時と同じ桜襲の直衣を身に着けた成範は、とても麗しかった。そして、今宵も一年前の夜と同じように、舞台の上では桜の花が舞っている。

（あの夜、桜の精とおっしゃってくださった中納言さまのお言葉に違わぬように——）

舞わなければならないと、静は気を引き締めた。

心を澄ませ、胸の中を桜の花びらだけで満たす。この世に在るのはただ桜の精に扮した自分と、成範の愛する桜の木、そして静の舞を見る成範のみ——。

静は舞い散る花びらと共に舞い始めた。

春夏秋冬の順に『越天楽今様』を舞い終えた時、母屋の客人たちの口からは一様に溜息が漏れた。皆が感慨に浸っているかのような沈黙の時が流れ、ややあってから、

「見事な舞であった。杯を取らせよう」

という花山院兼雅の声が聞こえた。静は一人舞台を下りて、母屋へ上がることになっ

たが、その時、静は舞台の脇の木陰に佇む人影を目に留めた。

舞台は篝火で照らされているので明るいが、木立は暗がりの中に沈んでいる。そのため、はっきりと見えたわけではなかったが、

(あれは、猿丸さんではなかったかしら)

男の小柄な形に見覚えがあった。だが、人影は一つではない。もう一人、猿丸と思しき男の傍らに立っていたのは、

(母さまのように見えた……)

静は戸惑った。だが、もう一度よく見ようとした時にはもう、二つの人影は木立の暗がりに沈んでしまっていた。静はあきらめ、客人たちの前へ出向いて跪いた。

「どうぞ」

静のそばまで来て、杯を渡してくれたのは、兼雅の付き添いである廊の御方であった。

「何とまあ、艶やかな」

二人の美女が寄り添った姿は、客人たちの目を楽しませたようだ。

「おそれ入ります」

静は廊の御方に注いでもらった杯を受けた。

それから、他の白拍子の舞が披露され、舞台を下りた白拍子たちは宴席に侍ることになった。成範の席に侍りたいところであったが、客の相手をするようにとのことである。

花山院兼雅に杯を賜った礼を述べるのを皮切りに、静は客席を順に回っていった。

「いやはや、コノハナサクヤヒメもかくやと言う美しき舞であった」

「それは、容貌の美しさであろう。舞を褒めるなら、アメノウズメもかくやと言うべきか」

「桜町中納言家の桜は日の本一だが、それに合う舞はもはやそなたのみであろう」

客たちの賞賛の言葉を受けながら席を渡り歩くうち、やがて静は常盤御前の席に侍った。四十はすでに超えているのだろうが、三十半ばほどにしか見えぬ女は、くっきりとした目もとが廓の御方にそっくりで、すぐに常盤であると分かった。

「素晴らしい舞を見せていただきました」

静が挨拶すると、常盤は優しく声をかけてくれた。

「ありがとう存じます。常盤御前さままでいらっしゃいますね」

静が注ぐ酒を受け、常盤は「ええ」とうなずき返す。

「今宵は花山院さまのお口添えで、私ども夫婦もお招きいただきました。私も夫も晴れがましい席には気おくれがしたのですが、日の本一の白拍子が見られるからぜひにと勧められ……」

常盤はひっそりと微笑み、杯を口に含んだ。娘の廓の御方は、顔立ちばかりでなく立ち居振る舞いのすべてが華麗に映るのに、母親の方は同じ顔立ちでも精彩に欠けて見え

る。齢を重ねているからというだけではない。どこか、目立たぬように目立たぬように
と、本人が意識して振る舞っているふうにも見えた。

(この方が、源氏の棟梁と平家の棟梁、そのお二人から想いを寄せられたなんて、本当かしら)

そう思って、常盤の傍らを見れば、同じようにどことなく冴えない男が座っている。

夫婦で招かれたと言っていたから、こちらが常盤の今の夫の一条長成なのだろう。長年共に暮らすうち、夫婦が似た者同士になっていったようにも見える。

「もしよろしければ、先ほどの舞について感じたことなどお聞かせ願えませんか」

一応、すべての客に訊いている問いを、静は常盤にも投げかけてみた。

「それはもう素晴らしいの一言で、地上に降りた姫神の舞に見えましたよ」

と、常盤は答えた。ありがたいお言葉ですと頭を下げたが、この手の褒め言葉しか口にしない手合いから有益な言葉を聞くことはできない。静は見切りをつけ、常盤のそばを離れようとした。その時、

「だからこそかしら、少し冷たい感じがいたしましたわ」

と、常盤の言葉が続けられた。

冷たい舞――同じことは総角にも言われたことがある。そのことを静に指摘したのは、常盤が二人目であった。

静は常盤の傍らに座り直した。

「どういうところが冷たいのでしょう」

「そう訊かれると答えにくいのだけれど、花が舞う舞台のあなたは、まるで雪の精のように見えましたの」

常盤はそんなふうに告げた。

花と雪という違いはあるが、去年の春、成範から言われた言葉と同じである。冷たい舞だと思うがゆえに、常盤は雪の精と言ったのだろう。

「雪の精……」

静がそう呟き、考え込むと、

「たぶん、あなたも私がどんな半生を送ってきたか、聞いているのでしょうね」

と、常盤は突然言い出した。その物言いが自嘲するというほどではないが、あきらめがちで寂しげに聞こえたので、静は黙っていた。常盤は杯に残っていた酒を飲み干すと、先を続けた。

「私は昔、翼の生えた虎に恋をしたのです。その背に乗って曠野（こうや）を駆ける夢を見たわ」

常盤はごく小さな低い声でささやくように語った。おそらく、反対側の客人と言葉を交わしている一条長成の耳にも聞こえてはいないだろう。静は少し常盤の方に体を傾け、その話に聞き入った。

「天翔ける龍に乗って、空を渡る夢も見たのよ」

「かつてご夫君でいらっしゃった方々のことでございますか」

静もまた、低い声で尋ねた。源義朝が虎で、平清盛が龍——この二人を指しているのだろうとは分かる。常盤は寂しげに微笑んだだけで、肯定も否定もせず、先を続けた。

「雄々しい勇者たちは私だけを見てはくれなかったし、私の前から消えてしまった……。けれど、優しい人が現れて、私だけを大事にしてくれたの」

常盤はそこでちらと隣の席の夫を見た。何も聞こえていないらしい一条長成は、隣の席の客との会話を続けている。

「私はもう十分。この先はひっそりと散っていくだけだわ」

「幸いでいらっしゃるということでございますね」

なぜそんな話を自分に聞かせるのだろうと思いながら、静は相手を持ち上げるように言った。特に自慢をしたがるふうの女にも見えないが、内心ではそういう欲を持っているということか。それならば、もっと華やかに装えばよいものを。常盤の美貌であれば、今でも十分人目を引きつけるだろうに。

そんなことを思いながら、静は再び常盤の杯に酒を注ごうとしたが、それは丁寧に断られた。

「どうしてこんな話をしてしまったのかしら。不快だったらごめんなさいね」

静が下がろうとすると、常盤は最後にそう言った。

「いえ、私は白拍子。お客さまのお話はいかなることでも、喜んでお聞きいたします」

静が言うと、常盤は首をかしげた。

「娘にも話したことはないのに。あなたには、相通じるものがあったのかしら」

独り言ともとれる常盤の言葉を聞き流し、静は別の客の席へ移った。

常盤の話はただの自慢話として聞く分には少しも不快でなかったが、「相通じるものがある」と言われると、急に胸がざわざわした。

（私が白拍子だから、あの人と同じように殿方を渡り歩く女と思い、あんな話をなさったのかしら）

そう思うと、いい気はしない。

静は少しでも早く成範のそばに行きたくなった。それから客席を回るのを適当に切り上げると、いちばん奥に座る成範の席へと向かった。

二

成範と花山院兼雅の会話が途切れたのを見計らい、すぐそばへ寄ると、

「中納言さま」

と、静はその杯に酒を注いだ。

「今宵の舞はいかがでございましたか」

「うむ。よい出来栄えだった」

成範はそう告げた後、特に春と冬の部分がよかったと続けた。

「夏はもう少し弾けるような力強さ、秋は物思わせる哀れ深さが出るとよいだろうな」

「精進いたします」

と受けたものの、先ほど言われた常盤御前の言葉が、今の成範の言葉と重なった。

「私の舞は、やはり冷たいのでしょうか」

「誰かにそう言われたのか」

成範は優しく尋ねた。

「……師匠から言われたこともございましたが」

「ふむ。別の者からも言われたということか」

「秋の舞に哀れ深さが足りないというお言葉も、同じことを仰せではないかと気にかかります」

「そなたとて恋をすれば、今足りないものは自然に備わる。女の舞人は皆そうであった」

成範は酒を口に運びながら、ゆったりと言う。

「私は……」

静は抗弁したかった。私は恋を知らないわけではない。他でもない、今目の前にいる人に恋をしているのです、と――。

しかし、成範が口を開く方がそれより早かった。

「とはいえ、それがそなたにとって、一概によいことかどうか」

最後の方は聞き取れないほどの小声になって、成範は呟く。

その時、成範の家の女房らしい者が近付き、「中納言さま」と声をかけてきた。

「お客人の方々の相手を頼む」

成範はそう言い、静を下がらせた。

静は心を残しつつも再び客人たちの席に戻り、その後は成範のもとへ戻ることができぬまま、この晩の宴はお開きとなった。

花山院兼雅と廊の御方がその場を去るのを皆で見送り、その後、他の客人たちも徐々に帰っていく。成範は客人たちと別れの挨拶を交わすのに忙しそうだったが、静は成範が暇になるのを待つつもりであった。

篝火の焚(た)かれた庭では、もはや舞台に立つ者がいなくなった今でも、ひっきりなしに桜吹雪が舞っている。

(あの庭を中納言さまと二人で共に歩くことができるなら――)

ひそかにそう願っていたのだが、「静姉さん」と琴柱から手招きされた。客のいなくなった母屋の隅の方で、白拍子たちが集まっている。

「昼間、やって来た傀儡の老人を、ここで見かけたと言う子がいるの」

そういう声がいくつも上がったらしい。

「それって、葛の葉を連れてきた人のことよね」

静が訊くと、白拍子たちは思い思いにうなずいた。

「あの猿丸というご老人ですよ。あの人が舞台の近くの木の陰に立っていたんです」

「いやだ、あの人、お猿さんに似ていたから、見間違えたんじゃないの」

見ていない者はそんなふうにからかい気味の言葉を返す。

「確かに、猿丸さんが推参するかもしれないって、座長さんも言っていたけれど」

しかし、推参ならば芸を見せに押しかけたはずだから、客人たちの前に堂々と現れるだろう。

「もしかしたら、気が変わって、葛の葉を取り戻しに来たのかしら」

「それなら、それでいっこうにかまわないんですけれどね。あんな生意気な子」

口を尖らせて言う琴柱に、

「また、そんな憎まれ口を――」

と、静は苦笑したが、それでも葛の葉が控えの間でおとなしくしているかどうかは少し気にかかった。琴柱も口先とは裏腹に気になるようで、

「私、ちょっと見てきます。後片付けも手伝わせたいですし」

と言い置き、去っていった。その間、静は他の白拍子たちに、猿丸らしき人影には連れがいなかったかと尋ねてみたが、見たと言う者はいない。

(母さまを見たと思ったのは、私の見間違いだったのかしら)

ふと母屋の中を見回すと、いつの間にやら成範の姿が消えている。誰か特別な客の見送りにでも出たのだろうか。このまま戻ってこなければ、夜桜の庭を一緒に散策するのもあきらめざるを得なくなる。

客人たちの牛車が出る車寄せまで行ってみようか——葛の葉や母のことも気にかかりつつ、静がふと思い立ったその時、困惑した顔つきの琴柱が一人で戻ってきた。

「まさか、葛の葉がいなくなっていたの」

と問うと、琴柱は「はい」と不安を滲(にじ)ませた声で答えた。

「少し外しているだけなのかと、近くを見て回ったのですが……」

いつからいなくなったのかも分からないと言う。

「でも、この邸の外に出ていったということはないでしょう」

「もしかしたら、猿丸さんの姿を見かけ、ついて行ってしまったのかもしれません」

猿丸を見かけた白拍子は何人かいたし、それはいかにもありそうなので、静たちは手分けして庭を見て回ることにした。

（中納言さま……）

庭へ出る前、母屋にその姿を捜してみたが、成範はまだ戻っていなかった。気になりはしたが、今は葛の葉を見つけることが先である。

篝火の松明を一つ手に取り、静は琴柱と一緒に桜の木立の中へ歩み出した。邸から遠ざかるにつれ、人声も小さくなり、闇がいっそう深くなっていく。

「静姉さん……」

いつになく琴柱が気弱そうな声を出した。

「夜の桜吹雪って、何だか怖くありませんか」

いかにも怖がっている声でそんなふうに言われると、こちらまで恐怖が移ってくる。

「嫌なことを言わないで」

静はなるべくふだん通りの声で明るく返したつもりだったが、その声が闇に吸われていくと、不意に心もとなくなった。そんな時、

「誰かをお捜しかね」

突然、横合いから声をかけられた静と琴柱は、思わず驚きの声を上げてしまった。

「だ、誰」

松明を突き付けて問うと、「おっと、危ねえな」と言う剽軽な声に聞き覚えがあった。

「さ、猿丸さん」

先ほど噂になっていた猿丸が現れたのだった。

「な、何をしていらっしゃるんですか。こんなところで明かりも持たずに」

「俺は夜目が利くんでね。そこは平気なんだ」

と、猿丸は自信たっぷりに言った。

「そちらさんは、総角んとこの姉さんたちだろ。昼間も会ったけど、さっきの舞も見させてもらったよ」

猿丸はのんびりした口調で言う。

「あの、お預かりした葛の葉なんですけれど、姿が見えないんです。今夜、手伝いとしてここへ連れてきたんですけれども」

静が言うと、それまでのんきそうだった猿丸の顔がにわかに緊張した。

「まったくあの娘は勝手なことを」

と、苦々しい声で呟く。

「今、皆で捜しているところなんですが」

「そうかい。それじゃあ、俺も同行しよう。無理に押し付けちまった俺にも責めがあるからな」

猿丸はきびきびと言った。

「あの子、もしかしたら猿丸さんを見かけて、追いかけていったってことはないでしょを戻ってみるか」

「まあ、考えられない話じゃない。だったら、俺はこっちから来た。ひとまず、来た道

静が言うと、猿丸はしばらく考え込んだ後、

うか」

と、西の方角を指さしてみせる。

松明の火で照らしてみると、そこは桜の木が続く小道であった。桜並木が終わると、

青紅葉が見られるそうで、庭に設けられた池をめぐるように続いているという。

その道を進みながら、三人は葛の葉のことを話した。

「葛の葉はやっぱり迷惑をかけたようだね」

「そういうわけでもないですけれど……」

静は言葉を濁したが、

「あの子、白拍子にはなりたくないって何度も言ってました。どうして白拍子を毛嫌い

するんでしょう」

と、琴柱ははっきりとした口ぶりで尋ねる。

「そうだなあ。白拍子が嫌いなんじゃなくて、白拍子と遊女の区別がついていないんだ

な。傀儡女も同じだと思ってた。あいつの母親は遊女だったんだよ。父親と所帯を持ち

はしたが、やがて父親を捨てて、別の男と逃げた。父親はあいつに手を上げるようにな

り、挙句は娘を傀儡の一座に売り飛ばした。まあ、そんな経緯（いきさつ）から男を怖がってるし、遊女やそれらしい連中は皆嫌ってるというわけさ」

　重苦しいものを孕（はら）んだ葛の葉の過去を、猿丸はさらりとした口調で言う。静と琴柱は顔を見合わせた。葛の葉に対して厳しいことを言っていた琴柱は、きまり悪そうな表情を浮かべている。

「きゃあっ！」

　その時、女の甲高い悲鳴が行く手の右に連なる木立の方から聞こえてきた。

「あっちだ」

　猿丸は言うなり、ぴょんと跳ねるような勢いで、木立の中へ分け入ってしまった。つむじ風のような速さで、とても追いつけない。

「待ってください」

　静と琴柱もそちらへ向けて走り出したが、木立の中は道とも言えぬ道である。松明を持ちながら、木々の隙間を縫い、下草を踏み分けながら進むので、どうしても速度は落ちる。それなのに、猿丸はどういう目と足を持っているのか、あっという間に姿が見えなくなってしまった。

「あ、あの声、葛の葉のものでしょうか」

　琴柱が震える声で問う。

った。

「急ぎましょう」

嫌な予感にとらわれつつ、静と琴柱はできるだけ急いで、懸命に猿丸の後を追ってい

三

先ほど進んできた桜の小道の右側は、深い木立のように見えたが、少し行くと木々もまばらになり、見通しがよくなった。すると、静の持つ明かりとは別の明かりが見え、

「静姉さん、あっちです！」

と、琴柱が大きな声を上げる。二人がそちらへ、さらに急ごうとした時、

「ちくしょうっ！」

と吐き捨てるような男の声がして、黒い人影が少し離れた場所を駆け抜けていった。男は逃げることに気を取られているのか、静たちの方へは向かってこなかった。

「待って、静姉さん。あの明かりに近付いていいかどうか。用心しないと」

と、琴柱が静の腕をつかんで言う。

確かに、あそこに猿丸がいるとは限らないのだ。とはいえ、松明を持ったこちらの姿は丸見えだろう。進むもならず戻るもならず、静と琴柱が立ちすくんでいると、

「おうい」

という声が向こうの明かりの方から聞こえてきた。

「猿丸さんだわ」

静はほっとした声で言う。琴柱も静の腕をつかんでいる手の力を緩めた。

「行きましょう」

静と琴柱は向こうの明かりを目指して進んだ。近付くと、猿丸だけでなく数人の人影が集(つど)っていることが分かった。

「中納言さま、それに母さま！」

近付いて驚いた。

何と、猿丸の脇に立っていたのは松明を手にした成範であり、その傍らには泣きじゃくる葛の葉を抱えるようにして、母の磯が立っている。

（どうして、母さまがここに——）

先ほど舞台から下りる時に、母を見たように思ったのはやはり見間違いではなかったのだ。それにしても、どうして母が成範と一緒にいるのか、わけが分からない。

「葛の葉はやはり俺を追ってきたそうだ」

猿丸が事情を話し出して、静ははっとなった。今は成範と母のことより、泣きじゃくっている葛の葉のことだ。

「客の供をしてきた侍に見られて、目をつけられたんだな。捕らわれかけたところで声を上げた。俺たちが聞いた悲鳴がそれだよ」

「葛の葉は無事でしたか」

「ああ。俺が駆けつけたのとほぼ同時に、中納言さまたちも様子を見に来られてな。奴さん、中納言さまの姿を見るなり、さすがにまずいと悟ったんだろ。葛の葉を放り出してすぐ逃げ出したよ」

その言葉にひとまず安堵すると、今度は成範と母のことが気になり始めた。静の気がかりを察したかのように、猿丸が続けて説明する。

「磯さんは俺が連れてきたんだ。総角さんから聞いてたかもしれんが、俺と磯さんは昔馴染みなものでね」

「私もまた、猿丸と磯禅師とは顔見知りだ。二人とも、亡き父のもとで修業した身であったからな」

成範も告げた。

「……そうでしたか」

やはり、そのことを母も成範もあえて黙っていたのだ。静が成範の後援を受けるようになって五年の間、打ち明ける機会は何度もあったろうに。

なぜ黙っていたのだろう。母が自分に話してくれないことはいくつもある。舞をやめた理由もそう。父親のこともそう。成範は一年前、才ある舞人が舞を捨てたことを嘆いていた。それが誰なのかは教えてくれなかった。自分はそれが母のことではないかと、本当は少し疑っていた……。

（まさか――）

行き着くところは、静にとってありがたくない結末だった。初めて恋しいと思った相手が……。その推測から逃れたい余り、静は猿丸に目を向けた。

「葛の葉とお話をなさったのですか」

「まあ、少しだけだがな」

「葛の葉は猿丸さんの一座へ戻りたい、と？」

「まあ、そう思って俺を追いかけたらしいが、相変わらず傀儡女になるのは嫌なんだとよ。それじゃあ何の解決にもならねえってのに」

と、猿丸はあきれたふうに言う。

「とにかく、母屋の方へ戻らせてもらおう」

猿丸の言葉を機に、その場にいた者は歩き出した。

「葛の葉、もう大丈夫よ」

静と琴柱の二人で、葛の葉に寄り添ったが、葛の葉は顔を上げようともしない。母は葛の葉から離れたが、静とは一度も目を合わせようとしなかった。確かに今、あれこれと母を問い詰める時でないのは分かっている。それでも、母が逃げているように思えて、静のもやもやした気分は募るばかりだった。

その後は誰も口を利くことなく、一行は桜並木の小道を進んで母屋へ戻った。

「静姉さん、琴柱。ああ、葛の葉は無事だったんですね」

他の白拍子たちが静たちを見つけて駆け寄ってくる。

「本当に……よかったあ」

その途端、声を放って泣き出したのは、葛の葉ではなく琴柱であった。葛の葉の涙はもう乾いている。

「ちょっと、琴柱。どうしてお前が泣くのよ」

出迎えた仲間たちからあきれられつつ、琴柱はしゃくり上げた。

「だって、私が出ていけって言ったから、葛の葉は出ていって……。それで危ない目に遭っちゃったのなら、私のせいだから」

「葛の葉は無事だったのだから、もう泣くのはおよしなさい」

静が言うと、「はい、静姉さん」と琴柱は素直に返事をするが、すぐに涙を止めることはできないらしい。なおも泣き続けている琴柱を前に、

「よかったじゃねえか、葛の葉」

と、猿丸が突然言い出した。

「お前にはもう、心配してくれる姉さんたちができたってことだ。総角さんを含め、姉さんたちはお前の話をちゃんと聞いてくれる。嫌なことはさせられたりしねえから安心しな」

それだけ言うなり、「じゃあな」と言い捨てると、猿丸はあっという間に姿を消してしまった。他の者が別れの言葉を言う暇もなかった。

葛の葉はあっけに取られた表情で突っ立ち、琴柱の涙もいつしか止まっている。

「それでは、私もこれにて」

成範がおもむろに言い出した。

「皆、今日はご苦労だった」

白拍子たちに労い(ねぎらい)の言葉をかけた後、成範は階(きざはし)を上っていこうとする。その成範に母が声をかけるのではないかと思ったが、母は黙ったままであった。

「中納言さま」

母が何も言わぬのであれば――と、静は声をかけた。

「中納言さまがかつてお話しくださった、舞をやめた女人とは母のことですか」

口は勝手に動いていた。他の者たちの手前、婉曲(えんきょく)に問うべきであったがそれもできなかった。琴柱たちが自分の剣幕に驚き、戸惑っている様子が伝わってくる。

成範は階の途中で足を止めたが返事はなく、振り返ることもなかった。

「私たちは先に戻っていますね」

琴柱たちはそう言い置き、葛の葉を連れてその場から去っていった。庭を回って、白拍子たちの控えに宛てがわれた場所へ戻っていくようだ。

その場には、成範と母と静のみとなった。母は特に戸惑う様子は見せず、少なくとも静の目には落ち着いて見えた。

「中納言さまがこれまで、私に目をかけてくださったのは、私が母の娘だからですか」

静だけを——静の舞だけを見て、その才に惚れてくれたわけではなかったのか。芸の頂に達する姿が見たいと言ってくれたあの言葉も、ただ静を母の代わりと見ていただけだったのか。

その答えを、今ここで、成範の口から聞きたかった。

ややあってから、成範は前を向いたまま口を開いた。聞き取りにくい声がどうにか静の耳まで届いた。

「私がそなたの後見をするのは、今宵限りのこととしよう」

衝撃は思っていたほど大きくなかった。心のどこかで予め覚悟していたためかもしれない。それでも、

「何ゆえで……ございますか」

静は訊き返さずにはいられなかった。

「私が何をしてやっても、そなたには母のお蔭としか思えなくなるからだ」

きっぱりとした口ぶりだった。それは違うと言い返すことが、静にはできなかった。己の才ゆえでなく、母のお蔭で成範から目をかけてもらえるのは本意ではない。それだけでなく、これからは常に疑い続けることになるだろう。自分の父は成範ではないのか、と——。

「この先、宴の席で会うこともあるまい。私は余所から、そなたのことを見続けている」

成範はそれだけ言うなり、再び階を上り始めた。最後まで振り返ることはなかった。

庭先には、母と静の二人だけが残った。篝火は消されていないので、庭先は明るい。

「そこで話をさせてもらいましょうか」

母は階に目をやりながら言い、その下の段に腰を下ろした。母の声は耳に入っていたものの、静は動くことができなかった。しばらくそのままでいたら、母がゆっくりと語り出した。

「今日、こちらへ伺ったのは、猿丸さんに誘われたからよ。誘われるまではそんな気持ちは欠片もなかったのだけれど、あの人の言葉を聞いているうち、何となくその気になってしまって」

何のごまかしもなく、正直に語ってくれていることは分かる。だが、聞いているうち、静の心には苛立ちが込み上げてきた。今聞きたいのはそんな話ではない。わざと回りくどい物言いをするのは、それだけ核心に触れたくないということか。

「中納言さまと……何を話していたの」

静は母の方を見ぬまま、低い声で尋ねた。

「何も」

母は淡々とした声で答えた。

「誘われたわけでも、私からお誘いしたわけでもないの。ただ、お話しすることがあるような気がして、二人で歩き出した。されど、何かを語り合う前に、あの子の悲鳴が聞こえてきて……それきりでした。とはいえ、よく考えてみれば、私から中納言さまにお話しすることなど何もなかったの。おそらく中納言さまも同じでしょう。あの方が、舞を捨てた私に話すことなどあるはずがないのです」

舞を捨てた──母のその言葉が静の心に火を点(つ)けた。

（この私が──私と中納言さまが、何より大事にしているものを、母さまはお捨てになった）

そこにどんな事情があるのかは知らない。だが、どんな理由であれ、舞を捨てた母のことを、静は疎(うと)ましいと思った。

「……母さまのせいよ」

静は掠れた声で訴えた。

「母さまのせいで、私は中納言さまから捨てられたんだわ」

理不尽なことを言っているのは分かる。母のお蔭で目をかけられるのは嫌だと言いながら、母のせいで捨てられたと恨むのはおかしい。

だが、今、成範に見捨てられたこの寂しさと虚しさを、ぶつけることのできる相手は母より他にいなかった。

母は静の横顔をじっと見つめていたが、ややあってから、

「静や、お前はあの方をお慕いしているの」

と、尋ねた。その瞬間、静の中で何かが弾け飛んだ。もはや取り繕う必要もない。母がそう出るのならば、自分も同じようにしてやると思った。

「その通りです。だったら、何かいけないことでもあるというの」

静は挑みかかるような眼差しを、母に向けて答えた。それから、母の言葉を待つことはせず、続けて一気に問うた。

「まさか、私のお父さまは――中納言さまではないわよね」

他の何よりも訊くのを怖いと思い、成範には最後まで尋ねることのできなかった問いかけである。

その問いに、母は答えなかった。母の眼差しはいつしか静から離れ、虚空を見ているようであった。

それが母の答えなのだ。静は目の前が真っ暗に閉ざされたような心地がした。

「……昔、お師匠の信西入道さまがね」

ややあってから、母はぽつりと呟いた。

「何人かいた弟子の者たちに、芸の高みへ行けとおっしゃったの。私はそのお言葉に従い、精進した。けれども、お弟子の中に芸を捨てた人がいたの。恋しい人と所帯を持つために、芸を捨てたのよ。それを知った時、私は許せないと思ったわ。お師匠さまを落胆させるなんて許せないって。その時の私には、恋のために何もかもを捨てる人の気持ちが分からなかった」

「今ならば、分かると母さまはおっしゃるの」

「ええ」

揺るがぬ眼差しを静に向けて、母は答えた。

「私もまた、あるお方に出会い、その方をお慕いするようになった時から、他の大勢のお客の前で舞うことができなくなってしまったからね」

「どういうこと。舞うことができない、って――」

「その方の前でだけ舞いたいと思ったの。その方以外の殿方の前で舞うのがたまらなく嫌になった。その方にも同じように思ってほしかった。もう他の男の前で舞うなと、言っていただきたかった」

その人が成範ならば、確かに言わなかったかもしれない。成範は、才ある者に芸の高みへ行ってほしいと願う人だから――。

「その方は母さまに、そう言ってくれなかったの？」

「……その通りよ」

母は小さな溜息と共に答えた。

「だって、その方は、白拍子としての私を大事にしてくださったけれど、女としての私のことは大事に思ってくださらなかったのだから」

母はそのつらいであろう告白を、静の目を見ながらきっぱりと言った。

四

母が突然髪を下ろしたのは、静が六歳の時のことであった。この年の春の終わり、静は母に連れられて、それまで暮らしていた丹後国網野（たんごのくにあみの）の里から都へ出てきたのである。

父の顔は知らなかった。父が死んだのか、それとも母と別れただけなのか、そのことを母は教えてくれなかった。ただ、父と会うことはできないのだと言われた。

上京すると、母はまず古い知り合いという総角の一座を訪ねた。静はそこで初めて白拍子の舞を見た。

真っ白な水干に深紅の袴、男の人の被る烏帽子を着けて、まるで胡蝶のように舞う女たち。一目で心を持っていかれた。一曲の舞を見終えた時にはもう、自分もああなりたいと思った。いや、ああなるのだという確かな予感と言う方が正しい。

この時、幼い娘が舞を習いたいと言い出したことに、母は驚きも喜びもしなかった。喜んだのはむしろ総角の方だ。

「さすがは磯の娘だ。住まいが決まるまではうちで寝泊まりするといい。その間、この子にあたしが舞を仕込んでやろう」

と言う総角の言葉に、母はそのまま従った。総角は自ら静に歌舞の基本を教え込むと、

「この子には、天賦の才があるよ」

と言って、浮かれた。一度見た舞の型をすぐに覚えてしまうのは、他の人には真似できない才能だと言って、静を褒めそやした。

「どうだい、静や。本気で白拍子を目指してみないかね」

数日後、総角からそう言われた時、静は迷うことなく「はい」と答えていた。

「お前は必ず、名のある白拍子になれるよ」

総角の言葉は、幼い静の心を喜びと誇りで存分に満たしてくれる。

それなのに――。

肝心の母だけが何も言ってくれなかった。

「静もやる気になっているし、正式にうちで預からせてもらっていいんだね」

総角が母に確かめた時も、静がそれを望むのならかまわないと言うだけだった。喜ぶわけでもなければ、特に反対や心配もしない母の態度には、さすがに総角も不思議そうな表情を浮かべていた。

「私はここから近い七条富小路（とみのこうじ）に面した家を借りることにしたわ」

と、母はその時言った。静が総角から舞を習っている間に、これから住まう家を探していたらしい。

「暮らしはどうやって立てるんだい。何なら、うちの子たちに手ほどきしてくれないかね」

総角はそう誘ったが、母は蓄えもあるので暮らしは立つと言い、歌舞の手ほどきをする話を断った。

「そうかい。じゃあ、静はそこから通わせることにしてくれてもいいけど」

「でも、一座の抱えの子は皆、ここで寝泊まりする決まりなのではなくて？」

「一応、そうだけれど、静はあんたの娘だからねえ。まだ小さいし、特別に通いってことにしてもかまわないよ」

「……そう」

静はどうしたいのかと訊かれた時、他の少女たちと同じでいいと答えた。特別扱いされるのに抵抗があったからでもあるが、母が自分の決断をまったく後押ししてくれないことに、釈然としなかったせいでもある。母はどうして白拍子を辞めたのだろう。そのことを疑問に感じたのはこの時が最初であった。

「そういえば、ここの庭にはあの花があるのねえ」

静の処遇についての話が一段落すると、母と総角の話は別の方へと移っていった。

「ああ、あれは白拍子の花だからね」

新しい家へ移る際、少し分けてもらえないかと言う母に、総角はかまわないよと快く承知した。それから、三人は連れ立って庭へ出た。

隅の方に小さな白い花の群れがある。その花が楽器と同じ「笏拍子」の名を持つこと、また「白拍子の花」と言われていることを、静はこの時初めて知った。花が咲くのは春の終わりから初夏のことで、その季節にはこの花を髪飾りにする白拍子も多いという。

母はこの花が好きなのだろうか。白拍子の花だから分けてもらい、自分の家の庭で育てようと思うのだろうか。

「おや、別の花がまぎれてる」

総角がしゃがみ込み、声を上げた。総角が手を触れたその花は、笏拍子と同じ白い花をつけていたが、茎は一本しかなく、花の容（かたち）も違っている。笏拍子の花は白い粒が鈴なりになっているが、その花は細長い針のような花弁がたくさん付いていた。

「この花の名は何ていうの」

静の問いに、母も総角も答えられなかった。

「笏拍子もどきだね。けど、白拍子の花じゃないから抜いちまおうか」

総角が言うと、母はそれなら自分がもらっていきたいと言った。そうして、笏拍子と笏拍子もどきは母の暮らす七条富小路の家へもらわれていった。

それから十二年、静は総角一座で暮らし続け、母の家へは時折出向いた。春から夏にかけては、その庭で二種の花を見ることができる。その間、静が白拍子としてどれほど名を揚げようとも、母の口から賛辞や労いの言葉を聞くことはなかった。

母が舞を捨てた理由——六歳の静が問いかけることのできなかった疑問に、今、母は答えてくれた。

恋しい男以外の男の前で、舞うことができなくなった。それが、白拍子を辞めた理由なのだ、と——。

成範はそのことを知っているのだろうか。

（たぶん、知っていらっしゃる）

その相手が自分だと知った上でなお、成範は磯に舞を続けてほしかったのだ。

——私は……見てみたいのだ。才ある者が舞に生涯をかけ、芸の頂に達する姿をな。

成範の言葉が、耳もとにありありとよみがえった。

「まことに恋しい人ができたら、お前にも分かるわ。お前もきっと悩むことになるでしょう。その方のために、舞を捨てられるかどうかと」

不意に、母はかつてない真剣な眼差しを、静に向けて切り出した。そんな母を、静は冷めた目で見据えた。

「どうして、芸の道と恋の道、いずれか一つしか選べないと決めつけるの。誰かをお慕いしながら舞い続けることだってできるはずです」

この世の男のすべてが、女に舞を捨てよと言うわけでもなかろうに……。現に、成範は舞を続けてほしいと願ったはずだ。磯を女として愛していたのかどうか、その本心までは分からないけれど……。

「並の恋ならば……」

苦しげな声で語り出した母は、そこで静の鋭い眼差しから目をそらした。

「いずれの道も、我がものとできるでしょう。されど、まことの恋とは……たぶん自分が、それまで最も大事にしてきたものを捨ててもよいと思えるものではないかしらね」

少なくとも自分はそう考えている――と、揺るぎない口調で、母は言った。

世の中には並の恋と、まことの恋がある。並の恋ならば芸を続けることができるが、まことの恋は芸を捨てさせる。母が言うのはそういうことだ。だが、静には芸の道を捨てるつもりなど毛頭なかった。

成範の意に沿いたくて、芸の道を捨てまいと思ってきたが、今は違う。

（芸の道は私自身のもの）

人に強いられたから目指すのではない。芸は我が身を成り立たせる矜持そのものであった。

（私は、母さまのようにはならない）

だからといって、並の恋で満足しようというつもりもない。

母の言葉には、並の恋を見下す響きがこもっていた。自分はまことの恋を知っている。そのために生きたことを悔いていない、という傲慢な物言いであった。

確かに、今の自分はまことの恋を知らないのだろう。だが、それならば、母が味わったのと同じような、いや、それ以上の恋をして、その上でかつ芸の道を極めてみせる。

（その姿を静は必ずやお目にかけてみせます、中納言さま）

その人が父であるかどうかは、もはや考えまい。だが、白拍子の舞を愛した成範が、心から見たいと願ったものに自分は手を届かせたい。

この時、静は胸の内に固くそう誓ったのであった。

第四章　薄墨の笛

一

その年の桜が散り、厳しい夏が訪れると、世の中は騒々しくなった。各地で起こっていた反平家の動きが活発になり、木曾義仲（きそよしなか）の軍勢が都へ攻め上る勢いを見せていたのである。

都の公家たちはもはや宴席を設けるどころではなく、総角一座の白拍子たちもしばらく仕事が入っていない。ちょうどその頃――。

「琴柱姉さん。静姉さんは大丈夫なんでしょうか」

笏拍子を打ちながら、尋ねてくる葛の葉に、

「もうしばらくは、やりたいようにやらせておくしかないわね」

琴柱は、扇を手に舞い続ける静を見やりながら小声で答えた。

桜町中納言の宴の後、葛の葉は変わった。取りあえず、静と琴柱を「姉さん」と認め、言われた仕事はもちろん、一座でのさまざまな雑用をてきぱきこなしている。一方、歌

や舞の稽古には熱心でなかったが、総角はしばらく様子を見るつもりのようだ。

変わったといえば静も同じで、それまで以上に舞の稽古に熱を入れるようになった。それだけならば、決して悪いことではないのだが、稽古場で扇を手にするや、人が変わってしまう。一心不乱に、ほとんど休息もせず、舞い続けるその姿は見る者を不安にさせた。

宴席で人を楽しませるための舞とは、とうてい言えない。あんなに切羽詰まった調子で舞われても、見る者は緊張を強いられるだけだ。

かつては、琴柱が笛を吹くのに疲れたと言えば、一緒に休んでくれた静が、今では「それなら琴柱は休んでいて」と言い、一人で型のおさらいを続けるのである。そのうち、葛の葉を稽古場へ呼び出し、笏拍子を打つよう命じるようになった。

今も静は舞い続けている。もちろん舞姿は美しいし、どれほど疲れても乱れを見せぬ姿は立派だった。

だが、舞っている時の静を見ると、琴柱は時折怖くなる。まるで何かに憑かれているように見えるのだ。もともと静の素晴らしい舞は「アメノウズメが乗りうつったようだ」と評されることがあったが、今の静に憑いているのは悪霊ではあるまいか。

「こ、琴柱……姉さん。あれ」

途中で葛の葉が笏拍子を打つのをやめて、脅えた声を上げた。静の足もとを指さしている。その静は笏拍子の音が絶えてもまだ舞い続けていた。

葛の葉が示しているのは、静の足だった。白い襪を履いて舞っているのだが、その爪先が赤く滲んでいる。

「静姉さん、もうやめてっ」

琴柱は立ち上がるなり、舞い続ける静の体に縋りついた。もう舞わないで――と頼むようにぎゅっと体を抱き締めると、さすがに静も舞うのをやめた。

「どうしたの、琴柱」

夢から覚めたような静の声がした。

「だって、静姉さん。足を怪我して……」

「ああ」

静は足もとに目を向けると、初めてほんの少し顔をしかめた。

「気づいていなかったんですか」

「少し痛みは感じていたけれど、大丈夫だと思って」

と、静は淡々とした声で言う。

「本当に無茶はやめてください。私たちにとって、体はいちばん大切なものじゃありませんか」

琴柱が泣き出したい思いで訴えるうち、葛の葉が怪我の手当てをするための支度をして、駆けつけてきた。葛の葉が知らせたものか、総角もやって来る。

総角は血の滲んだ静の襪を見るなり、顔をしかめた。

「まったく、稽古するにも程ってもんがあるだろ。今は宴席も入らないからいいけど、連日の宴席があるような時だったら、どうするつもりなんだい」

総角は静を叱り、葛の葉の治療を受けるよう命じた。さすがの静も素直にうなずき、その場に座って、襪を脱がせる葛の葉に足を預けている。

襪を脱ぐと、静の親指の爪が割れており、血がしみ出していた。

「ああ、こりゃ、しばらくは休まなきゃいけないね」

まあ宴席のない時でよかった——と、総角はほっとした様子で言う。

「休むわけにはいきません。舞っていないと、私、不安で……」

静は訴えた。

「いったい何が不安なんだい」

総角は不思議そうに静を見た。

「そうそう。今の都に、静姉さん以上の白拍子なんていないのに、不安になるなんておかしいですよ」

と、琴柱も言い添える。

「今の都じゃなくて」

静はふるふると首を横に振ると、

「今の私は、母さまが白拍子だった頃より上手だと言えますか」

総角をじっと見据えて言い出した。これについては、磯禅師の舞を見たことのない琴柱には何も言えない。

思いがけない問いかけだったのか、総角は「それは……」と口ごもってしまった。

「静の方だ」とすぐには答えられないほど、磯禅師の舞は素晴らしいものだったのだろう。だが、総角の口から思うような答えが聞けなかったせいか、静の眼差しは再び思い詰めたようになる。

「もっともっと稽古しなくちゃ」

静の口から漏れた小声を、琴柱は切ない思いで聞いた。

その後も、静は琴柱や葛の葉から止められながらも、ひたすら舞の稽古に打ち込み続けた。あまりに無茶をしていると見える時には、総角が強く命じて、磯の家へ引き取らせることもあった。そういう時は葛の葉が一緒に付き添い、世話役兼目付け役のようなことをしている。

そんなこの年の夏、木曾義仲と平家の軍は倶利伽羅(くりから)峠にて戦い、木曾軍が勝利を収めた。

七月、平家一門は安徳天皇を奉じて都を落ちていき、都には代わって木曾義仲の軍勢が入る。後白河法皇の後ろ盾を得て、都の軍事を指揮するかと思われたが、やがて義仲と法皇とは対立。

法皇は鎌倉の源頼朝に上洛の命を下し、それによって弟の範頼と義経の軍勢が都を目指してやって来た。

翌寿永三（一一八四）年、木曾勢と鎌倉勢の決戦は鎌倉勢の勝利に終わる。今度は木曾軍に代わって、坂東軍が都を制した。

「やれやれ。これからは、蒲殿（範頼）や九郎殿（義経）のご機嫌伺いに行かなけりゃならないのかねえ」

総角がしたたかなことを口にし始めた頃、坂東軍が西国の平家を討つため、都を発つと伝えられた。

その戦勝祈願のため、住吉大社で舞が奉納されることになった。

後白河法皇の命令により、その舞人として召されたのは静であった。

二

春まだ浅き一月、住吉大社で戦勝祈願が行われる当日は、空が晴れているわりに若干の寒さが感じられる日であった。

静は純白の水干に、純白の袴を着ける。これは神前奉納における装束であった。宴席などでは深紅の袴を着けることが多かったから、この装束を着けると、気持ちもおのずと引き締まる。

「神前奉納は久しぶりですね」

支度を手伝ってくれる葛の葉に、静は「ええ」とうなずき返した。とにかくこの数ヶ月、母に勝りたいという思いだけで舞ってきた。ただ必死だった。

総角や琴柱たちがいくら舞を褒めてくれても、心は少しも安らがなかった。

（桜町中納言さま）

あの人に褒めてもらえなければ、舞うことになど何の意味もない。

（でも、今日だけは余計なことを考えては駄目）

さすがに神前奉納の舞を引き受けた身で、母に勝りたいという雑念を舞台の上に持ち込むわけにはいかない。

あの時のように――。神泉苑で、旱に苦しむ人々のため、雨よ降れと祈った時のように――。自分の舞は神を感応させられるのだと信じた時のように――。

今日だけは、源氏軍の勝利を祈って舞を奉納しよう。

神泉苑のことを思い出すと、自然と成範の面差しが脳裡に浮かび、心が乱れそうになるが、いけないいけないと静は己を戒めた。

「静姉さん、もうお出ましにならないと」

琴柱に促され、静は控えの間から出た。住吉大社の広い回廊で舞を捧げることになっており、その周辺には大勢の坂東武士たちが詰め寄せていた。正面の桟敷には、地位のある武将たちが座しているようだ。

この日、楽器を担当するのは総角一座の白拍子たちではない。住吉大社に仕える神人たちがすでにおのおのの楽器を手に控えていた。

静は所定の位置につくと、手にした扇を颯爽と開いた。

「ほう……」

坂東武士たちの席が、溜息とも感嘆ともつかぬもので埋め尽くされる。

やがて、笏拍子が打ち鳴らされ、笙と笛とが曲を奏で始めた。

　虎に乗り古屋を越えて青淵に　蛟龍とり来む剣太刀もが

――虎に乗り恐ろしい古屋を乗り越え、青淵に住む蛟龍を捕らえられるような剣太刀よ、我が手にあれ。

静は落ち着いた声を響かせて、戦勝を願う歌を歌い、力強く舞った。雨乞いの舞とはまた違う雄壮さを、頭の天辺から足の爪先にまで込める。

歌を二回歌って、舞い納めると、静は桟敷席を正面に正座し、頭を下げた。

「まるで神功皇后さながらだな」

回廊付近の武士たちがそう呟く声が耳に入ってきた。

神功皇后は遠い古、三韓に出兵し、指揮を執ったという伝説上の女人――。その子、応神天皇の神霊は八幡神とされ、源氏一門から崇拝されている。

静の舞は賞賛と喝采の嵐に包まれて終わった。

「素晴らしかったです、静姉さん」

回廊の隅に控えていた琴柱が昂奮気味に言う。

「あ、あたしも同じように思いました」

一緒にいた葛の葉は少し緊張した面持ちで告げた。静や琴柱に心を開いたとはいえ、白拍子そのものへの偏見が消えたわけではなく、これまで歌舞に対する感想を葛の葉が口にすることはなかった。しかし、神前奉納の舞を初めて目の当たりにし、考えが少し変わったようである。

「ありがとう」

葛の葉に微笑み返した時、静はどこからか刺すような眼差しを感じた。

振り返ると、その相手はすぐに分かった。回廊正面の桟敷席から下がってきた武将たちに交じった若い男。大勢の男たちの中で、その男の眼差しだけが他と違っている。ひどく冷めた、まるで静を侮って嗤(わら)うかのような眼差しは、これまで向けられたことのないものだった。

齢は二十代半ばほどであろうか。形(なり)の大きな坂東武者たちの中ではあまり目立たぬ小柄な男である。

「ねえ、あの人」

静は小声で琴柱に語りかけた。

「え、どの方のことですか」

琴柱は静と同じ方を見つめながらも、目をきょろきょろさせている。

「こっちを見ている小柄な方よ。ほら、今、顔を背けて、反対の方へ歩き出した……」

「ああ、あの人ですか」

「あの人、私を馬鹿にした目で見ていたわ」

静が言うと、「そうですか」と琴柱は首をかしげる。

「私は背中しか見なかったけど、姉さんの気を引こうと微笑んでおられたんじゃありませんか。坂東武者は無粋ですからねえ。あっちは笑いかけたつもりでも、鬼のように怖いお顔に見えることだって」

「そういうんじゃないわ。あの方は怖くなんてなかった。ただ、何だかこっちを苛々させるような笑い方だったの」

葛の葉は気づかなかったかと尋ねると、その男のことは分かったと言う。

「確かに、姉さんの舞にうっとりしていた他の方々とは違うお顔つきに見えましたけど。姉さんを馬鹿にしていたかどうかまでは……」

と、葛の葉は困惑顔で続けた。

「あの方のお名前を確かめてきてくれないかしら」

静は葛の葉に頼んだ。

「え、あたしですか」

葛の葉は怯んだような声を出す。その様子に、静ははっとなった。葛の葉はもともと女が春を鬻ぐことを嫌悪していたのに加え、昨年の春、桜町中納言の邸で襲われかけた一件から、ますます男を怖がっている節がある。

「私が行きますよ」

琴柱が助け舟を出して言った。

「お顔は分かりませんでしたが、ご装束は覚えましたし、背格好も何となく分かります。それに桟敷席のお方なら名のある武将なのでしょうし」

自分の代わりに、静の着替えを手伝うようにと葛の葉に言い置き、琴柱は男を追っていった。静と葛の葉はその足で控えの間へと下がる。

静が葛の葉に手伝ってもらいながら着替えを終えた頃、琴柱が戻ってきた。

「静姉さん、分かりましたよ」

琴柱は少し昂奮気味であった。

「あの方、鎌倉殿《かまくらどの》（源頼朝）のご舎弟だったんです。源九郎義経さまとおっしゃるそうですわ」

その名はもちろん、静も知っている。

「お前はその九郎さまとお話ししたの」

「いえ、そこまでは」

琴柱は首を振った。

「控えの間へお入りになられた後ろ姿を拝見したので、近くまで行って、たまたま通りかかったお侍さまに聞きました。その方は畠山重忠《はたけやましげただ》さまとおっしゃる方だったんですけど、とてもたくましくて長身でいらっしゃって。坂東武者にもあのようなお方がいらっしゃるんですねえ」

琴柱の話はいつの間にやら横道へそれていく。

「ああ、もう。その畠山さまとかいうお方のことは、後でゆっくり聞くから。それより九郎さまはどうしていらっしゃるの」

「九郎さまは控えの間に入られたままだと思いますが」

きょとんとした表情で、琴柱は答える。

「今から、その九郎さまにお会いしに行くわ」

静は身じまいを検め、琴柱に案内してくれと頼んだ。

「どうして静姉さんが会いに行くんですか」

「あの方、私の舞を馬鹿にして嗤ったのよ。どういう心持ちで嗤ったのか、お尋ねしなくちゃ」

「待ってください。初対面の方――それも鎌倉殿の弟君を問い詰めるおつもりですか」

琴柱は不安げな眼差しになって言う。

「私は舞に手を抜いたことは一度もないわ。ましてや、この度は法皇さまのご命令によるもの。誠心誠意、すべてを捧げて舞ったつもりよ。その舞を嗤われて黙っていられるもんですか」

「そうと決まったわけでもないでしょうに。それに、さっきも言ったように、静姉さんの気を引こうと、お笑いになったんじゃないでしょうか」

「いいえ、違うわ。葛の葉だって、あの人の顔つきが他の人たちと違って見えたと言ったじゃないの」

静は琴柱と葛の葉を交互に見つめた。二人とも困惑した顔つきである。

「なら、私が一人で行くから。琴柱は場所だけを教えて」

静が言うと、「ご案内します」と琴柱は仕方なさそうに言った。

「あたしもお供します」

と、葛の葉も言い出したので、三人はそろって九郎義経のもとへ向かうことになった。

案内されたのは、武将たちの休息所に宛てがわれている曹司(ぞうし)の一つであった。途中、見張り役らしい従者に声をかけられたが、「九郎さまへご挨拶に」と言うと、あっさり通してもらえた。「こちらです」と、琴柱が要領よく義経の曹司の前まで案内してくれる。

「失礼いたします」

静は臆することなく中へ声をかけた。

「先ほど舞を奉納した白拍子の静にございます。こちらに、鎌倉殿のご舎弟、九郎さまはおられますでしょうか」

ほんのわずかの間を置いて「どうぞ」という少し高めの男の声がした。

琴柱と葛の葉は戸の外に控えさせ、静は中へ入った。二丈(にじょう)（約六メートル）四方ほどの場所に、先ほど静を嗤っていた小柄な男が一人でいた。

「九郎さまでいらっしゃいますか」

「さようです」

向き合って座った男は訝しそうに静を見ながら答えた。

「九郎さまにおかれては、私の舞がお気に染まなかったご様子」

「気に染まなかった……?」

義経は何を問われているのか分からないという表情をしている。小柄な形と同じく、顔も小さく、顔立ちは整っていた。そういえば、あの常盤御前の子息だったなと、どうでもいいことが頭の中をよぎっていく。

「私の舞を見て、嗤っておられました」

「嗤った覚えはないが、そなたの舞を見て嗤うのは咎められるようなことなのか」

義経の物言いには棘(とげ)が感じられた。それはそれで怒りを覚える態度ではあったが、それ以上に不思議でもある。どうして、初対面の自分が義経から突っかかるような言い方をされるのだろう。

「神へ奉納する舞なのですよ」

「さよう。なればこそ、舞を嗤いはせぬ」

「では、何をお嗤いになったのでしょう」

義経の物言いに引きずられ、静もついむきになってしまう。やめなければ――。相手は鎌倉殿の弟君なのだ。そう思う自制の心も働かないわけではないというのに、静は問うのをやめられなかった。

「私が嗤ったとすれば、それはそなたの驕(おご)った態度かな」

義経はあっさりと答えた。

「驕った態度……？」

静が戸惑う番であった。

（驕っている、この私が？）

確かに、自分は他の白拍子たちより舞が巧みである。そう思っていることを否定するつもりはない。だが、自惚れているとは思わない。むしろ今は、見たことのない母の舞と己を比べては不安を覚えていた。

（私は芸の道の頂を目指し、桜町中納言さまから頂戴したお言葉に誇りを持っている。それの何が悪いというの）

自分は驕っているのではない。白拍子の舞に誇りを持っているのだ。

それを嘲笑うこの男の方が間違っている。義経はおそらく、白拍子というものを頭から侮っているのだ。そして、白拍子のような者が誇りを抱くことを、生意気と思っているのだ。

白拍子の誇りを嘲ることは、成範に対する嘲りでもある。自分が侮られることより、成範が侮られることが許せなかった。

「私には、そなたが驕り高ぶった女子と見えるが……」

さらりと続ける義経の口もとには、先ほど見たのと同じ冷笑が浮かんでいた。

「怒らせたようだが、私はどうも美しい女が嫌いでね」

「え？」

舞の技量についての話だと思っていたのに、義経の話はいきなりとんでもないところへ飛んだ。そうなると、舞がどうこうの話ではなくなる。義経は、静のことを美貌を鼻にかけた女と思い込み、その驕りを嗤ったというのだろうか。

何やら笑い出したくなった。相手はそうではなかったのに、自分は舞をけなされたといきり立っていたのだ。よくよく思い返せば「舞を嗤いはせぬ」と義経ははっきり言っていたではないか。

とはいえ、一瞬のおかしみが去ってしまうと、今度は相手の心のありようが気になり始めた。

(私は容貌を鼻にかけてはいないと、自分では思っているけれど)

義経にはそういう女と見られてしまっている。どうやら美しい女は驕り高ぶるものと決めつけているようだ。ここへ来るまでとは違う類の、釈然としないもやもやした気分が生まれていた。

それだけではない。義経が自分の見た目を嫌うのはよいとしても、今日の静の舞はそれを忘れさせるだけのものではなかったということだ。そういえば、義経は対面してからただの一度も舞の出来栄えについて口にしていない。

(私の舞はこの方にとって、大したものではなかったということなのだわ)

戦勝祈願の舞で、武将の心を動かせなければ、それは失敗である。それなのに、自分は奉納舞が成功したと思い込み、賞賛されて当たり前と考えていなかったか。

よくよく考えれば、それこそ驕りであろう。

義経の考えとは違うようだが、静を驕った女と言ったのは正しかったのかもしれない。静の考えはめぐりめぐって、自分でも思いがけないところへたどり着こうとしていた。

「口もきけぬほど怒ったのか」

静がいつまでも黙っていたせいか、今度は義経の方から尋ねてきた。その顔を見つめ返すと、若干だが気の毒そうな眼差しをこちらへ向けてきている。言い過ぎたかと反省しているようでもあった。

「いいえ、怒ってはおりません。むしろ、九郎さまのおっしゃったことが真実を衝いていると思ったのでございます。ただ、驕っていたのは見た目ではなく、舞に対する考えでございましたが」

「私は舞を嗤ったわけではないと言ったが……」

「ですが、心を動かされたわけでもございますまい」

「いや、そういうわけでは……」

「それなのに、私は心を動かしてくださるのが当たり前と思っていたのでございます。あなたさまのお気持ちを戦へ駆り立てることができないのであれば、私の今日の舞に意義などございませんのに」

「誰がそんなことを申したか。心は戦に駆り立てられた。そなたのあの『剣太刀』の歌と舞でだ。私は必ず勝ってまいる」

義経はそれまでになく大きな声で言った。両眼は澄み切り、勝つ自信にあふれていた。

「まことでございますか」

なぜか訊き返してしまう。相手の言葉を信じていないわけでもないというのに。

「なぜ信じぬ」

義経は少しむくれたような表情を浮かべた。腕白な子供のような表情を見せられた時、ああそうかと納得した。これまでとは違うこの人のこんな表情を見たくて、自分はわざと訊き返したのではなかったか、と――。

「失礼を申し上げました。ご勝利を祈願しております」

静が居住まいを正して答えると、義経も表情を改めた。

「今日は戦勝祈願の舞をかたじけない。本当は初めにこれを言わねばならなかったのだ。そなたが怒るのも無理はない」

静の心が素直になるにつれて、義経もまた素直になったようであった。本来はこういうまっすぐな人柄なのだろうと、純朴にさえ見える今の義経の顔を見ながら、静は思う。

「私は親もおらず、若くして預けられた寺も脱け出し、ろくろく礼儀や作法を知らぬのでな。すまないことをした」

「そうおっしゃっていただけて、私もすっきりいたしました。ご武運をお祈りしております」

静は晴れ晴れした気持ちで告げ、義経のもとを辞した。

戸の向こうで待っていた琴柱と葛の葉と一緒に、後片付けを終えてから帰路につく。

どういうわけか、数ヶ月ぶりに心が軽くなったような気がした。春まだ浅い時節の風は少し寒いが、いつになく心地よく感じられた。

三

源範頼、義経の軍勢が西国へ発つと、都は少し落ち着きを取り戻した。平家も木曾軍も坂東軍もいない。やれやれとばかり、公家の邸では小規模ながら宴の席が設けられるようになり、総角一座にも仕事が舞い込むようになった。

静も琴柱と一緒に、宴席へ出かけることが増えてきた。その間も稽古は続けていたが、

「よかった。静姉さんが元に戻って」

と、ある日、稽古に立ち会った琴柱はしみじみ言った。

「元に戻ったって、どういうこと」

「だって、あの住吉大社の奉納舞より前の姉さん、まるで何かに憑かれたように稽古、稽古って。足の爪が割れるくらい、稽古していたじゃありませんか」

琴柱は恨めしそうに訴えた。

「あれはいくら何でもやりすぎです。おかしかったです。でも、いくらおかしいって言っても、姉さん、聞く耳を持ってくれなかったじゃないですか」

「私はただ、舞人として高みを目指したかっただけよ。今だってその気持ちに変わりはないわ。お稽古だって熱心にやっているし」

「熱心に稽古するのと、体を壊してまで稽古するのは、ぜんぜん違います」

琴柱は厳しい口ぶりで言った。

「今の姉さんは無理のない範囲で、熱心にお稽古している。だから、私も安心して見ていられるけど」

前はそうではなかったという。琴柱の言わんとすることは、静にも理解できた。確かに、あの頃は成範に捨てられた悲嘆に捕らわれ、それを乗り越えるには母に勝るしかないと思い込んでいた。

「それにしても、恋の力って偉大ですね」

いきなり、琴柱がとんでもないことを言い出したので、静は驚いた。

「どういうこと」

「だって、静姉さんはあの九郎さまに恋をなさったんでしょ。それで、桜町中納言さまへの想いをようやく断ち切ることがおできになれたから……」

「待ちなさい。桜町中納言さまをお慕いしていたのは認めるけれど、でもあの気持ちを恋と呼ぶのかどうか、私には分からない。それから、九郎さまに恋をしているという話はどこから出てきたの。私はあの方とただの一度しか会っていないのに」

「でも、あの方が姉さんの舞を馬鹿にしてないと分かって、嬉しかったのでしょ。それに、姉さんのことを美しいとも言っていたし」

「あの方は美しい女が嫌いだとおっしゃったのよ」

「だから、それは静姉さんの気を引くためですよ。遠回しに、姉さんはおきれいだって言いたかったに決まっています」

琴柱は自信たっぷりに言う。

だが、静はその言葉にうなずけなかった。あの時の義経はやはり本心を述べていたように思うのだ。静がそう言うと、「美しい女が嫌いな殿方なんているんですか」と琴柱は疑わしそうに言う。

「過去に美しい人から手痛い目に遭わされたとか、そういうことがあったのかもしれないわね」

「そりゃあ、ないとは言い切れませんけれど……」

やはり疑わしいと、琴柱は言った。

「色恋沙汰でなくても、そういうことはあるかもしれないわ」

そう呟いた時、静の脳裡には義経の母、常盤御前の面影が浮かんでいた。義経が真っ先に思い浮かべる美しい女とは、あの母親なのではないだろうか。義経が常盤御前の面影を覚えているのかどうか、それは知らないけれども。

「でも、まあ、美人と見れば、次々に手を出す殿方よりずっといいです。私、静姉さんの恋を後押ししますよ」

琴柱はそう言ってにやにやする。これまでは義経をそんなふうに思うこともなかったのに、琴柱から指摘されると妙に気になってきた。そのことが決して嫌というわけでもない。

「ところで、それとは別の話なのだけれど」

静は表情を改め、「葛の葉のことよ」と切り出した。

葛の葉は去年の春から一年近く、ずっと総角の一座に身を置いている。静や琴柱の世話はよくしてくれるし、つっけんどんな態度も取らないようになっていたが、相変わらず歌や舞の稽古には熱心でなかった。総角からは「才もない上、やる気もない」ため、あれではものにならないとあきらめがちに言われている。

この頃、静は一日の大半を総角一座で過ごしつつも、寝起きは母の七条富小路の家でしていた。静の稽古の行き過ぎを心配した総角が去年の夏頃から、静を母の家へ帰らせるようになり、それがその後も続いている。

元は静に無理をさせないための目付け役であった葛の葉も、世話係として総角一座と磯の家を行ったり来たりしていた。

「あの子はこの一座にいる時より、母さまの家にいる時の方が落ち着いているし、生き生きしているようにも見えるのよ」

と、静は琴柱に話した。やはり、葛の葉は白拍子になるより、人の世話をして暮らしていくのが性に合っているようだ。その点、葛の葉は飯炊きも針仕事も掃き清めもしっかりこなす。

「なら、磯禅師さまのお宅の使用人にしていただくんですか」

「母さまと私だけの家に雑仕女は要らないわ。私だって、昼間は一座にいるのだし」

葛の葉には、しっかりした公家や武家の邸で、雑仕女として働ける口を探してやるのがよいと思う。ただし、葛の葉の美貌は目立つ上、本人が男を恐れているから、できるだけ堅い主人の家でなければならない。

「ご主人がお堅い人でも、仕える人の中に不埒(ふらち)な男がいないとは限りませんよ。それに、桜町中納言さまのお邸のように、客人の出入りが多いお邸でも、いろいろ不安はありますし」

琴柱は難しそうな表情になって言う。

「ええ。だからね、ご本人がお堅くて、かつ仕える人々や客人たちに厳しく目を光らせてくださる方でなければならないと思うのよ」

「もしかして、九郎さまが葛の葉の主人にふさわしいと考えたのですか」

「ええ。だって、美しい女が嫌いだっておっしゃるのだから、ご自分は決して葛の葉に手を出さないでしょ。それに、葛の葉がどういう子か伝えておけば、配下の人々に厳しく目を光らせてくださると思うのよ。そこは、お武家さまなのだし、徹底なさるのではないかしら」

「確かにそうですね。でも、九郎さまは西国の合戦を終えた後、都に留まられるのでしょうか」

琴柱からそう言われると、ふと静の心にさざ波が立つ。

義経にとって都は生まれ故郷のはずだが、合戦を終えれば、兄のいる鎌倉へ帰ってしまうのかもしれない。むしろ、それが自然だった。そうなればもう会えなくなる——。

「大丈夫ですよ、静姉さん」

琴柱から励ますような言葉をかけられ、静ははっと顔を上げる。

「平家との合戦はそんなにたやすく終わったりしません。きっと何年もかかるはずです。その間、源氏軍は都に留まることになりますよ」

合戦が長引くことを願うなど罰当たりな話だが、琴柱のあっけらかんとした物言いにはまるで罪がない。だが、そうなってほしいと、静もひそかに願ってしまった。その時、静は自分が義経との再会を心待ちにしていることをはっきりと自覚した。

その年の二月の初め、一ノ谷で行われた合戦は、坂東軍の大勝利に終わった。義経は常ならば馬では通れぬ急峻な鵯越を駆け下り、敵の背後を突くという戦法を成功させたという。

平家軍がさらに西へ逃げ延びたので、坂東軍はいったん都へ帰還することになった。

(あの人が、都に帰ってくる)

静の願いは叶えられた。義経は六条堀河館という、かつて義経の父のものだった邸で暮らし始めたのである。後白河法皇より、都の警備を仰せつかったとかで、その邸は訴えや願いごとをする来訪者でごった返すようになった。

「取りあえず、私たちも訪ねてみましょう」

葛の葉をしっかりした主人の家に預けたいという話は、すでに総角と葛の葉自身にも告げ、二人とも了解していた。葛の葉は知らぬ家に預けられることに不安そうではあったが、白拍子にならぬ以上、総角一座に居続けるわけにいかないことは納得している。

そこで、静は琴柱と葛の葉を連れ、六条堀河館を訪ねた。確かに、願いごとを訴えに来た人々の行列ができていて、義経に対面するのは大変そうである。

「この行列に並んでいたら埒が明かないかもしれませんよ。第一、九郎さまご本人に会わせてもらえるかどうか」

琴柱が言うのももっともで、押しかけた人のすべてに義経が対面することはあるまい。

「静姉さんの名を出せば、すぐに九郎さまに会わせてもらえますって」

琴柱は自信ありげに言うが、

「でも、あの方は私のことを驕り高ぶった女だとおっしゃったのよ。人々の頭越しに願い出たりすれば、気分を害されたりしないかしら」

静は急に不安になる。

「何を臆しておられるんですか。静姉さんらしくもない」

琴柱は言うなり、さっさと六条堀河館の家人らしき男を見つけ、静の名を出し、義経に対面させてほしいと願い出てしまった。

確かに、こんなことでしり込みするなんて、自分らしくない。だが、義経から「お前のような驕った女には会わぬ」と言われることが怖かった。

やきもきしているうち、琴柱が願い出た家人が戻ってきて、「こちらへどうぞ」と言ってくれた。どうやら、義経は静との対面を受け容れてくれたらしい。「ほらね」というふうに、琴柱が得意げな目を向けてきたが、静はしかつめらしい表情でうなずき、目をそらした。

　やがて、三人は奥の対の屋へ通された。そこは、調度の類もほとんどない殺風景なところで、義経は床の上に胡坐をかいている。静たちのためにはかろうじて円座が用意されていた。

「ご無事のご帰還、おめでとうございます。ご活躍は重々」

　静は丁重に頭を下げた。

「して、用向きとは――？」

　義経の訊き方は特別親しげでもなければ、そっけないわけでもない。当たり前の対応と言えば言えたが、前回の対面で、最後に見た純朴な表情が印象強く残っていたせいか、静は少し怯みそうになる。

　しかし、琴柱や葛の葉の手前、躊躇しているわけにはいかなかった。

「ここにいる者は私の妹弟子たちです」

　静は琴柱と葛の葉をそれぞれ引き合わせた後、二人のことを本当の妹のように思っていると続けた。

「琴柱は私と共に白拍子として働いております。けれど、葛の葉は白拍子ではなく、どこぞのお邸で雑仕女として働くことを望んでいるのです。そこで、この子をこちらのお邸で使っていただけないかと思いまして」

「この館で、か」

さすがに義経は驚いていた。その表情に困惑の色が浮かぶのを目に留め、

「大抵のことはできますし、真面目な娘です」

と、静は懸命に言った。

「だが、ここには女主人がいない。さような働き口でよいのだろうか」

義経のこの言葉から、静は彼が独り身であることを知った。

「はい。御覧の通り、葛の葉は器量のよい娘です」

「む、まあ、そのようだな」

義経はますます困惑気味の表情になった。静は何だか楽しくなってくる。

「ですから、器量よしを好む殿方には安心して預けられませぬ」

「それで、私を――?」

「他に、器量よしの女子を嫌う殿方を存じませんので」

静が微笑んでみせると、義経もにやりと笑った。親しみのこもった笑顔であった。

「私の館は男ばかりだが、いずれも武骨な連中だ。それに、弁慶という荒法師に見張らせておけば、誰であれ、おいそれとその娘に声もかけられまい」

そう言ってから、今度は声を上げて、義経は笑った。笑った口もとには八重歯がのぞき、その顔つきは腕白な少年のようにも見えた。

「よかったわね、葛の葉」

静が振り返ると、葛の葉はほっとした表情を浮かべていた。義経の言葉を聞き、自分が恐れているようなことは起こらないと安心できたらしい。

本当によかったと思って、前を向くと、それまで見たことのない優しい笑顔があった。

「そなたはよい人のようだ」

義経は愉快そうに言った。

（あなたさまこそお人好（ひとよ）しですこと）

心の中で、静はこっそり義経に言い返す。こんな人を支えながら日々を送ることができたら幸いかもしれない。そんなことをふと思った。

四

葛の葉は間もなく義経の館へ預けられ、季節はめぐった。

秋になり、鈴虫が美しい鳴き声を奏でるようになった頃、静は藤原範季（のりすえ）の五条（ごじょう）邸で義経と再会した。

藤原範季は後白河法皇の近臣で、義経の異母兄範頼の育ての親でもある。その縁から宴の席に義経も招かれたのだろうが、義経も今では法皇の近臣の一人と見なされているようであった。

表が淡紫、裏が青の紫苑襲の直衣姿も取ってつけたようには見えない。淡紫色から透けて見える青のすがすがしさは際立っていた。まっすぐで、他の色に染まることを拒絶するような青、若々しい純朴な青――それは、柔らかななよ竹ではなく、強くて硬い青竹を思わせ、どういうわけか静の胸に物悲しさを呼び起こした。

判官殿――人々は義経をそう呼んでいる。

義経は左衛門少尉、検非違使の職に任官していたのだ。両者を兼ねた場合は検非違使尉と呼ばれるが、左衛門少尉が第三等官であったことから、その謂いである判官とも呼ばれた。

この年の六月、一ノ谷の合戦の褒賞として叙位任官があったというが、義経はそれに漏れたと聞いている。それなのに、判官と呼ばれているのはなぜなのか。

義経は如才なく穏やかな態度で接していたが、その顔はあまり晴れやかには見えなかった。どこか無理をしている、そんな顔つきであった。

「お久しゅうございます」

舞が終わった後、静は義経の隣に侍り、その杯に酒を注いだ。

「……うむ」

義経は杯を受け、少し目を細めて静を見たが、それ以上何を言うでもない。先ほどのいる。

舞はよかったなどと、静の意を迎えようとする客たちが多い中、義経はやはり変わって
静は義経から舞の感想を聞くのをあきらめ、葛の葉のことを尋ねた。

「あの子はお邸でしっかり勤めておりますか」

「うむ。若い娘のいない館で、よくやってくれている。弁慶が厳しく目を光らせているので、男どももあの娘には近付けぬようだ」

葛の葉について語る時、義経の顔には少し笑みが浮かんだ。

「ありがとうございます」

義経が配慮してくれているのが嬉しく、静も素直に礼を述べた。

「申し遅れましたが、ご任官のことがあったようで、おめでとうございます」

「……うむ」

義経の表情はたちまち曇り、その返事も歯切れが悪いものとなった。

「六月の任官ではなかったと存じますが」

「ああ。法皇さまがな、ご配慮くだされたのだ」

喜ばしさの微塵（みじん）も感じられぬ、苦しげな声で義経は言った。

「それで、兄上を不快にさせてしまった」

続いて口から漏れた呟きは、静にも聞き取れぬほど小さなものであった。

頼朝に従う武士の叙位任官は、頼朝の許しなく行われてはならないという。だが、法皇は六月の叙位に漏れた義経を哀れみ、自らの考えで判官の官職を与えたのだろう。義経はその法皇の厚意を突っぱねることができなかったのだ。

「これこれ、判官殿。静を独り占めしては困りますな。静の酌を待つ者は多うございますぞ」

その時、邸の主人である藤原範季が、二人の間に割り込んできた。範季はもてなす側として、他の客人たちに気をつかっているのだろう。

「いや、独り占めするつもりは……」

義経が恐縮したように言うので、静は仕方なく義経のそばから離れ、他の客人たちに酌をして回った。

客人たちの席を一回りしてから、また義経のもとへ戻るつもりだったが、そうしているうちに、再び舞を所望された。それで今様を二曲ほど歌い、舞い終えると、その時にはもう夜も深くなっていた。

招かれた客人たちは帰り支度を始めている。静はすかさず義経を目で追った。

あれからずいぶん酒を過ごしたのか、立ち上がった足もとはふらついている。それも、気分よく酔ったという感じではなく、悪酔いしているようだ。

判官さま——と、声をかけようとしたが、この時、静に先んじて義経に手を差し伸べる者がいた。

「判官殿、大事ございませんか」

義経の腕を取ったのは、義経よりも大柄な若い男であった。

「……畠山殿か。いや、大事ない」

義経は男の腕を振りほどこうとしたが、畠山の方は放そうとしなかった。

「そのご様子では馬は無理でございましょう。私がお館までお送りいたします」

畠山がそう言った時、義経の懐から細長い錦の袋が落ちた。紐（ひも）が緩んでいたのか、笛の端が見えている。

「これは申し訳ない。判官殿の大事なお笛を――」

畠山が急いで拾い上げたが、それを義経に返す時、

「おや、この笛には蟬がない」

と、呟いた。横笛はふつう、吹き口と頭の間の背面を切り取り、そこに蟬の形をした木片を埋め込む。それを蟬と呼ぶのだが、この笛にはそれがなかった。

「ああ。ゆえに、この笛は『蟬折（せみおれ）』と呼ばれていて」

義経が笛を錦の袋にしまい、今度は落とさぬよう腰の帯に差している間、二人は笛の話を交わしていた。

畠山という名には聞き覚えがある。前に琴柱が話していた男ではなかったろうか。そ

う思って琴柱の姿を探すと、他の白拍子たちの話が耳に入ってきた。

「さすがは畠山さま。力持ちなばかりでなく、何てお優しい方」

「鵯越のご活躍ぶりがしのばれますわ。お馬を守ろうとして担ぎ上げたっていう」

鵯越の逆落としは、鹿しか通らぬという急峻な坂を馬で駆け下りた義経の英断が評判になっていたが、その中に一人、愛馬を担ぎ上げ、自らの足で坂を下った武者がいたという。

それが、畠山重忠であった。

馬を担いだその剛力も素晴らしいが、馬を労(いたわ)ろうという心の優しさが、聞く者の胸を打つ。その上、重忠は体格ばかりでなく、顔立ちも男らしく端正で、まさに美丈夫という言葉がふさわしい男であった。

（琴柱が一目で夢中になったのも、何となく分かるわ）

琴柱ばかりではない、他の白拍子たちもすっかり重忠に心を奪われているようだ。そういうことであれば、姉弟子としては妹弟子たちのため、力になってやらねばなるまい。

「判官さま、畠山さま」

静は二人の前に進み出て声をかけた。

「判官さまのことは、私が車でお送りいたしますわ」

静の申し出に、義経は酔眼を見開いた。重忠の方は静と義経の関わりが分からず、返事をしあぐねている。

「いや、私には馬がある」

ややあってから、義経が思い出したように断りかけたが、

「そのような酔態で、お馬なぞに乗れるものですか」

静の言葉に、重忠も「さようですぞ」と続けた。

「静姉さん」

琴柱が呼びかけてくる。琴柱は静と同じ牛車に乗ってきたから、自分はどうするのかと問うているのだ。私に任せて——と、静は目配せしてみせた。

「お前は他の子たちと同じ車で帰ってちょうだい」

静は琴柱を含む妹弟子たちに言い含めると、すかさず重忠に目を向ける。

「判官さまは私にお任せくださり、畠山さまはこの子たちを送り届けていただけないでしょうか」

重忠は驚いたようだが、琴柱たちの口からは「まあ」とか「あら」とかいう声が漏れた。いずれの声にも華やぎと媚が込められている。

「そうしてくださいませ、畠山さま」

「もう遅うございますから、盗賊でも出たら恐ろしゅうございますもの」

女たちが口々に言いながら、重忠をわっと取り囲んだ。残念なことに、琴柱は少し出

遅れてしまったようだ。

静が力を貸せるのはここまでである。

（あとは頑張って、琴柱）

重忠の手が義経の腕から離れたのを機に、静は義経の腕を取った。重忠を囲む輪の中からはじき出された二人は自然な形で歩き出す。

「さあ、参りましょう」

「あ、ああ」

義経は何やら狐（きつね）につままれたような顔つきのまま、静の言いなりになった。

六条堀河館に到着すると、車寄せに葛の葉が駆け寄ってきた。

「……お帰りなさいませ」

義経の傍らに、静を見出した葛の葉は、驚きに目を丸くしている。

「久しぶりね、葛の葉。健やかそうで何よりだわ」

静は葛の葉に微笑んだ。

「はい、静さま。お会いできて嬉しいです。でも、あの、どうして――」

静が義経と一緒なのかと訊きたいのだろうが、それ以上の言葉は初心（うぶ）な娘の口からは出てこなかった。

「酒とつまみを頼む」

義経が命じると、葛の葉は「は、はい」と応じて、すぐに邸の奥へ駆けていく。静は義経の後について母屋へと移った。灯台の火はすでに灯(とも)っていた。秋になったばかりの今は、まだ火鉢が必要なほどではない。

二人が腰を落ち着ける間もなく、葛の葉が高坏(たかつき)に酒と杯を二つ、それに胡桃(くるみ)や栗(くり)など木の実を盛った皿を載せてやって来た。

「判官さまのお世話は私がするから、お前はもう休んでいいわ」

静が言うと、葛の葉は「かしこまりました」と頭を下げ、そそくさと立ち去っていく。

「ずいぶん酔ったと思っていたが、ここへ来るまでに醒(さ)めてしまった……」

義経がそう言って杯を手にするのへ、静はそっと寄り添い、酌をした。

「そなたは……美しいな」

義経は静の横顔にじっと目を当てながら、呟くように言った。その物言いは、かつて器量のよい女は嫌いだと言った時のように刺々しくはなかったが、といって、甘い響きを持つわけでもなかった。

「美しい女はお嫌いでございましたね」

酌を終えてから、静は落ち着いた声で尋ねた。

「そうだ」

と、義経は静の眼差しを受け止めた。

今もまだ私をお嫌いですか——そう尋ねたかったが、代わりに飛び出してきたのは、

「何ゆえ——と、お尋ねしてもよろしいでしょうか」

という言葉であった。

義経はそっと息を吐き出すと、思い出したかのように、手にしていた杯を口に運んだ。それから、まだ酒の残っている杯を高坏の上に戻し、つまみの栗の実をぼんやりと見つめながら、

「母が……な」

と、小さな声でぽつりと言った。静は息を止めて、義経の言葉の続きを待つ。ここで義経の気持ちの流れを止めてしまうと、二度と心を開いてくれなくなるのではないかと恐ろしかった。

「美しい人だった……らしい」

「常盤御前さまのことでございますね」

義経の声の小ささに合わせるかのように、声を潜めて静は尋ねた。

かつて桜町中納言の邸で会った常盤の面差しが浮かんでくる。源義朝の妾でありながら、三人の遺児を助けるため、泣く泣く平清盛の愛妾となるも、その後、飽きられるとあっさり一条長成に下げ渡された——意地の悪い噂話ではそう言われている。だが、静

の目に映る常盤は、義朝のことも清盛のことも偉大な男と思うふうであり、一条長成のことも大事にしていた。噂ほど目立つ女ではなかったが、不幸せそうではなかったし、むしろ満たされているふうに見えたものである。

とはいえ、当の息子の目から見れば、まったく違った見方になってくるのだろう。

常盤が産んだ三人の息子――今若、乙若、牛若のうち、末子の牛若が義経である。兄たちと同様、出家を条件に命を救われた義経は、鞍馬寺に預けられるも、やがて寺を飛び出した。そして、奥州の藤原氏のもとに身を寄せると、兄の頼朝が挙兵するまでそこで暮らしていたのであった。義経が母のことを美しい人と断定せず、「らしい」と言い添えたのは、一別以来、顔を合わせていないからだという。

「私は母を疎ましく思う」

義経は吐き捨てるように言った。

静は黙っていた。常盤と面識があることを隠すつもりは毛頭なかったが、この話の流れで、口にする機会を逸してしまった。何を言えばよいか分からず黙っていると、義経は胸の内の鬱憤を晴らそうとするかのように、しゃべり出した。

「母は私の前で、一度たりとも母として振る舞ってくれたことがない。私が父、義朝殿の敵を討ちたいという思い一つで過ごしていた十代の頃、あの女は私のことなぞ忘れたように、父ではない男の、娘や息子を産んでいたのだ」

うとしたではないか。

一度たりとも――というのは正しくない。常盤は自らの命を懸けて、義経の命を守ろうとしたではないか。

だが、義経とて、そんなことは静以上に分かっているはずだ。分かっていてなお、次から次へ、男たちの手に身を委ねていった母を疎まずにいられないのだろう。それがやむを得ないことだと分かっていても――。

常盤がそうした人生を送ることになったのは、その美貌のためだと世間では思われている。義経もそう思っているから、器量のよい女を嫌うのだろう。そうすることで、器量のよい女から裏切られ、傷つけられまいとしている。

何と哀れな人なのか。と思うと同時に、童のように稚いお方だ、とも思った。

これまでも時折、驚くほど素直でお人好しで、純朴そうに見えることがあった。そういう顔の裏にはこんな傷つきやすい心があったのか。悩み深きこの人の憂いを取り除くには、何を言えばよいのだろう。

自分は常盤御前とは違う。何があっても義経への操を守り通し、いざという時は命を捨てる覚悟だと言えばよいのか。それとも、自分は所詮、卑しい白拍子の身。男の心の移ろいやすさも知っている。だから、互いの心が結びついている間だけ逢瀬を楽しみましょう、とでも言えばよいのか。

(いいえ、どちらも違う)

静は心に浮かんだ考えを、即座に打ち消した。

命を懸けて操を誓うのも、ひと時だけの虚ろな恋を楽しむのも、いずれも自分の生き方ではない。

（そう、私の生き方は――）

――私は……見てみたいのだ。

今や宴の席で会うこともなくなった成範の声が聞こえてくる。

――才ある者が舞に生涯をかけ、芸の頂に達する姿をな。

その言葉に応えたいと思った気持ちは、今も静の胸にある。

「判官さま。ただ今より、一曲舞わせてはいただけませんでしょうか」

静は居住まいを正し、義経の前に手をついて切り出した。

己の胸の内にある母への憎しみに捕らわれていたらしい義経は、はっと夢から覚めたような表情になる。

「それは、かまわぬが……。管絃はどうする」

ここには、いつも笛を吹いてくれる琴柱がいない。静が思案をめぐらせていると、

「笛ならば、私も吹けぬわけではないが……」

と、不意に義経が言い出した。

「さようでございましたか」

続けて、静が『越天楽今様』の節は知っているかと尋ねると、義経はうなずき、先ほど帯に差した錦の袋から笛を取り出した。

「畠山さまに『蝉折』とお話しされていた笛でございますね」

「うむ。私が譲られた時にはもう蝉は欠けていたのだが、そうなる前は『薄墨』といったらしい」

義経はそんな笛の由来まで話してくれたが、誰から譲り受けたのかは明かさなかった。

「では――」

静は音を立てずに立ち上がると、十歩ほどすり足で進んだ後、ゆっくりと振り返った。その手にはすでに扇が握られている。

義経は笛を口に当てると、静と目を合わせた。目と目を見交わし、奏者と舞い手の呼吸が一つになる。

やがて、笛の前奏が滑らかに始まった。腕前もさることながら、名のある笛なのか、冴え渡るような音色である。前奏が終わりかけたところで、静が扇をさっと開く。

「春の弥生のあけぼのに、四方の山辺を見渡せば――」

静は歌いながら舞い始めた。

（ああ……）

体が驚くほど軽い。

上手に舞おうという気持ちも起こらない。ただ義経の吹く笛の音色に合わせて、自然に手足が動かされていく。

愛しい男以外の前では舞いたくないと言った母の思いが、たった今、分かった。

かつてない胸の高揚、舞うほどに満たされていく充足感、髪の先から手足の指先まで、ただ一人の人だけを意識し、身も心もそちらへ向けて流れ出そうとしている。

誰かを愛しいという気持ちは、今この時の、この昂る胸の想いを言うのだろう。

「……契りし山路は雪深し、心のあとはつかねども、思ひやるこそあはれなれ」

舞は終わり、やや遅れて、笛の後奏も果てた。

静は扇をしまうと、その場に座って頭を下げた。ありがとうございましたと言うつもりだったが、口をついて出たのは、

「判官さまは、静めの舞がお嫌いでございますか」

という問いかけの言葉であった。

「いいや。そなたの舞は見事なものだ」

義経は真摯な口ぶりで答えた。その頬は高揚のせいか、うっすらと色づいている。

静は衣擦れの音も立てずに立ち上がると、再び義経の傍らへ戻った。

「私は舞の良し悪しが分かるわけではないが、そなたの舞が真剣なものだということだけは分かった。まるで戦の場で、名将同士が一騎打ちをするかのごとく」

義経は静に杯を持たせ、自ら酌をしながら言った。

静はその杯を受けながら、義経らしいたとえ方だと思った。同時に、自分の舞に寄せる思いが、義経にしっかり伝わったということも悟っていた。

「私の母も……白拍子でございました」

静は酒を飲み干すなり、そう切り出した。

「母はある方に恋をし、その方以外の殿方の前ではもう舞いたくないと思ったそうです。ゆえに舞を捨てたのだ、と――」

「それは、そなたの父親のことなのだろうな」

「おそらくは。ですが、母の口からはっきりと聞いたわけではありません」

「そなたの父はどういう男なのだ」

「……存じませぬ」

静は答えた。淡々と応じたつもりであったが、知らぬ間に緊張していたのか、声が少し震えた。

義経が怪訝そうな、同時に案じるような目を静に向ける。その眼差しに触れた途端、静の口は止まらなくなった。

「父ではないかと疑っている方が一人おります。そう思い始める前から、私はその方のことが慕わしくてならず、ずっとおそばにいたいと願っておりました。されど、父君ではないかと思い始めた時、その方はもう私とは会わぬとおっしゃいました。私の舞を素晴らしいと、とても褒めてくださっていたのに……」

義経の右手が静の左の頰にそっと添えられた。

「寂しいのか。父を恨んでいるのか」

「恨む……？」

一瞬、虚を衝かれたものの、静は首を振った。

「いいえ、恨むというのなら、私は母の方を――」

「何ゆえ」

義経が驚いたようであった。何ゆえ、母娘を捨てた父ではなく、母の方が恨めしいのか。自分を捨てた母を恨む義経には、不思議でならないのだろう。

「母がもしも舞を捨てなければ、父はずっと私たちのそばにいたのではないかと、そう思えてしまうのです」

静は小さな声で、自分の複雑な胸の内を明かした。もちろん母が悪くないことは分かっている。それでも、成範や自分が至上のものと仰ぐ舞を捨てた母へのわだかまりは、たやすくは消えなかった。

「そうか」

義経は逆らわなかった。

「生い立ちも事情もまるで違えど、私たちは似た者同士やもしれぬな。母に対して素直になれぬ……」

「さようでございますね」

静は目の前の人を抱き締めて慰めたいような、逆にその人に慰めてもらいたいような心地を覚えた。だが、傷ついた者同士寄り添い合いたいというだけではない。この泣き出したいような心の奥底にあるのは、相手をどうしようもなく愛おしく思う気持ちであった。

「不思議だな」

義経は静の頬に手を当てたまま呟いた。

「私は美しい女を嫌っていたはずだが、今宵は美しい女が愛しく思える」

義経の目は瞬きせず、静にじっと据えられている。その目の奥に熱を帯びた光が宿った。

「心根に惹かれる思いが、それに勝るからであろうな」

返す言葉は持たなかった。

（芸の頂を目指しつつ、私はこの人とまことの恋をする）

頬に触れる義経の手にそっと手を添え、静はゆっくり瞼（まぶた）を伏せた。

第五章　鬼女の舞

一

しのぶれど色に出でにけり我が恋は　ものや思ふと人の問ふまで

琴柱の笛に合わせて、静は舞う。忍ぶ恋の代表歌とされるものだ。

驚いたことに、琴柱はこれまでどこに隠していたのかという才能を発揮して、この歌に情緒あふれる曲をつけた。そして、静に舞の振付を考えてほしいと言い出したのである。静が総角の力も借りて、この歌の白拍子舞を完成させると、二人はさっそく稽古に取りかかった。

「やっぱり私の思った通りだわ」

と、ある時、琴柱は稽古場で言い出した。

「今の静姉さんには、この歌がいちばんよく似合っている」

「どういうこと」

「恋をしている人は、恋の歌を通して舞うのが最も美しく見えるってこと」

舞っている時の風情も今までとは違い、心の奥底を揺さぶるような情感としなやかさがあると言う。舞が変わったとは総角からも言われたことであった。

――これまでのお前の舞には人を突き放すようなところがあったけれど、今は違う。自然と引き寄せられていくような心地にさせられるんだよ。

そうした変化が何によるものかは、静ももちろん分かっている。しかし、変化というなら、突然曲作りの才を発揮した琴柱の方こそ著しい。

「私はお前が自分の恋を思いながら、この歌に曲をつけたのかと思っていたわ」

静の言葉に、琴柱は少し拗ねたような目つきになると、

「それもないわけじゃなかったけれど」

と言って、大きな溜息を吐く。

「畠山さまは恋しいお方がいらっしゃるんですって。その方とは何やらわけあって一緒になれないとかおっしゃっていたけれど、どちらにしても、私を含め皆して袖にされちゃったの」

「そう……」

琴柱の様子から、うまくいっているとは思っていなかったが、そう聞かされるとやはり残念だった。

「でも、いいの。男は畠山さま一人じゃないし」

琴柱は勝気な口調で言う。

「そうよ。琴柱にはこれから多くの殿方との出会いがあるわ」

静の言葉に、琴柱は大きくうなずいた。

「私も静姉さんにあやかれますように。この曲を吹く時はいつもそう祈るようにしているんです」

琴柱に微笑み返しながら、静は少し複雑だった。愛しい人と結ばれた自分は、琴柱から見ればうらやましいのかもしれないが、あやかりたいと言われるほどとは思えない。

義経は静と共に過ごしていても、決して心からの安らぎを手に入れていなかった。共に過ごす時を重ねれば重ねるほど、それが分かる。

静が今様を歌うのをじっと聞き入っていた時に、ふと見せる放心した顔つき、夜を共に過ごした翌朝の空を眺めている時、横顔をよぎる寂しげな翳（かげ）――そんな義経の素顔は、静の心を切なくさせた。

後白河法皇からの任官を勝手に受けたことで、兄頼朝の怒りを買ったことが、義経の憂いを深くしているのだろう。ひと時だけでもそれを忘れて心安らかに過ごしてほしいと願うが、自分の努力でどうにかなることと違い、義経の心ばかりは思い通りに動かせるものではなかった。

（いったい、どうすれば――）

思案に暮れる時、静は足もとがおぼつかないような不安を覚える。その不安はかつて知らぬものであり、たとえ舞を舞っても消えるようなものではなかった。

これまではどんな雑念も、舞うことで一つひとつ消し去っていくことができたというのに――。

義経と自分の先行きに対する不安だけは、どれほど舞に没入しても消え失せることがないのだ。そして、その予感はやがて現実のものとなった。

義経と静が結ばれた夜から、いくらも経たぬその年の秋、義経は頼朝の口利きにより、坂東から正妻を娶ることになったのだった。

相手は頼朝に従う坂東の豪族の一人、河越重頼の娘であるという。河越家は坂東平氏の血を引く名門であり、しかも、その母は頼朝の乳母、比企尼の娘であった。

頼朝が縁の深い娘を世話したということは、それだけ義経を重んじている証である。これは、義経が頼朝の許しを得ず任官したことに、頼朝が激怒したという兄弟の不仲説を一掃する出来事であった。

「静姉さんという人がいながら、こんなに早く北の方をおもらいになるなんて、心無い仕打ちですわ」

総角一座がその噂で持ちきりになった時、琴柱は静の身になって怒ってくれた。

「でも、あの方が北の方をおもらいになるのは分かっていたことだし……」

静が北の方になれないのもまた、分かっていたことだ。

「それにしたって、時宜ってものがあるじゃありませんか」

静の代わりに琴柱は怒ってくれる。琴柱の言葉はそのまま静自身の本音である。

もちろん北の方を娶る義経にとやかく言える身の上でないことは分かっていた。しかし、それならそれで、もっと早く義経の口から聞かせてもらいたかったと思う。おそらく、義経自身はもっと早くから知っていたのであろうから。

だが、当の義経はその噂がほぼ都中に広まった後、静の家を訪ねてきて、

「すまぬ……」

と、苦しげな表情で詫びた。

「言おう言おうと思いながらできなかった。そなたが私から離れていくと思うと……」

今の義経は静の前で本音をさらす。心から打ち解けてくれた証と思えば、それも嬉しい。自分が離れていくのを恐れる男の躊躇いを愛おしいとも思う。だが、義経自身は新たに妻を娶るのだ。それでいて静の心もそのままに——と願うのは虫がよすぎやしないか。これが、自分の愛しく思う男でなければ——たとえば琴柱の恋人の話として聞いたならば、自分はおそらく「何て身勝手な男なの」と怒っていたと思う。

それなのに――。

自分の愛しい男を前にすると、怒りは小さくしぼんでしまい、愛おしさの方が増す。一方で、愛おしさがどれほど大きく重くなったとしても、生まれた怒りが完全に消え去ることはない。

「兄上の命に逆らえなかったわけではない。私はむしろ、この縁談を聞いた時、兄上のお心遣いをありがたいと思ってしまったのだ」

そんなことまで正直に打ち明けなくともよいだろうに。

本当はそなたのことが大事だが、兄の言葉には逆らえなかった――そう言えばいい。ふつうの男ならそうやって女の機嫌を取り結ぶところだ。それなのに、この人は嘘も吐けない。

そんな男を前に、静は何も言えなくなってしまう。

義経はこの縁談を受けたことにより、険悪だった兄との仲が元の鞘に収まることを心から願っているのだ。そんな義経にとって、頼朝から世話された妻は幸運を運んでくれる姫神のようなものであろう。

(その方は、お立場だけで判官さまの救いとなっておられる)

逆に、自分はそばにいても、義経を心底安らかにすることができなかった。

「私に、そのような言い訳をおっしゃらずとも」

静は心を隠して微笑んだ。

「北の方をお迎えになられても、静の想いのほどは決して変わりませぬゆえ」

その言葉を聞くなり、義経はほっと安堵したような表情を浮かべた。

義経の妻となる河越の娘は秋の半ばには故郷を発ったという。途中、鎌倉へ立ち寄った後、その足で京を目指し、六条堀河館へ入る予定らしい。

(どのようなお方なのか)

どんな容貌で、齢はいくつか。性情は――。

義経より年下だそうだが、どんな娘なのかは義経自身も知らないわけで、静がいくら気を揉んでも確かめようがない。

「坂東の田舎くさい娘に決まっておりますわ」

「そうですとも。判官さまがさような田舎娘に、お心を傾けたりなさるものですか」

琴柱や葛の葉はそう言って、静を慰めてくれる。

「私、その方をお館の女主人だなんて、絶対に認めませんから」

葛の葉は暇を見つけて総角一座へやって来た時、息遣いも激しく言い放った。いじめて六条堀河館から追い出してやるとまで言う。

「待ちなさい。その方との仲が壊れて、鎌倉へ知られてしまったら、困るのは判官さまの方なのよ」

義経の苦悩を思えば、むしろ静は葛の葉をなだめなければならなかった。

「ということは、その女は鎌倉方の間者なのですね」

葛の葉はさらに息巻く。

「ご安心くださいませ。この葛の葉がいる限り、判官さまにさような女を近付かせはいたしませぬ」

困ったことを言うと思う一方、葛の葉の言葉は耳に心地よかった。

本音を言えば、義経の苦悩も生きづらさも知らぬ女を、義経のそばには近付けたくない。いっそ今すぐ天災でも起こり、婚儀の約束が立ち消えになってくれないものか。ともすれば、そんなことを考えてしまう自分がさすがに浅ましく、婚儀の日が近付くにつれ、静は眠れぬ夜を過ごすようになった。義経と逢えていればまた違っただろうが、婚儀が近付いた頃は、逢うこともままならない。

そして、河越の娘がいよいよ堀河館にやってくる九月半ばの当日。

総角は丸一日の休みを静にくれた。もしかしたら義経の館から仕事が入るかもしれず、静には酷だと思われたのだろう。

雑念を払うには舞の稽古をするに限る。しかし、いくら舞っても雑念は消えず、むしろ増えていく一方であった。気持ちは千々に乱れ、体の芯に不快な熱がこもっている。

（これ以上、こうしているわけにはいかない）

静はじっとしていられず、ひそかに家を抜け出した。

出向いたところで、遠巻きに婚儀に臨む相手の行列を見るだけかもしれない。それでも、家で悶々と時が過ぎるのを待つよりましである。

堀河館の近くに着いたのはまだ日暮れ前であった。門前には義経の家臣たちが勢揃いしている。

物見高い見物人たちが立ち止まっていたから、静の姿が特に目立つことはない。静は虫の垂衣で顔を隠し、隣家の築地の影に身を潜めた。

晩秋の夕べは日が傾くにつれ、しんしんと冷えてくる。

やがて落日が大きく傾き、嵐山の稜線を侵した頃、ようやく行列の先触れがあった。

河越家の家臣と思われる三十人ほどの武士が付き従っている。彼らに脇を固められて進む牛車は糸毛車――その女人用の車に乗っているのが、義経の妻となる女であろう。

静は鼓動が激しくなるのを感じた。どれほど根を詰めて舞った後でさえ、これほど息が乱れたことはない。このまま呼吸が苦しくなって、どうにかなってしまうのではないかと思った、その時。

（――判官さま）

何と、義経が館内から姿を見せたのである。静は息を止めた。

そんなにも嬉しいのか。妻になる女の到着が待ち遠しかったのか。婿となる男が外まで出迎えるなど。まして、河越家は義経の源家から見れば、配下の家柄であろうに……。

静は情けなさを噛み締め、込み上げるものをこらえた。

「九郎義経です」

牛車に向かって、そう挨拶する声が静のところまで聞こえてきた。

「河越重頼が娘、郷にござります」

牛車の物見窓から透き通った声が響いてくる。

さらに、夫婦となる男女が二言三言、言葉を交わした後、牛車は再び動き出した。車輪の軋む音に、静がはっと顔を上げた時、それまで静に背を向けていた義経が、不意に体を脇へどけた。

その拍子に、河越の娘の容貌が、静の目の中に飛び込んできた。

決して器量よしではない。垢抜けたところもない。だが、ひっそりと控えめな風情が、美しく派手な女を嫌う義経の、いかにも好みであるように見えた。まるで田舎の野菊が突然、豪邸の庭先へ移し植えられたような――。あんな娘から戸惑った顔を向けられ、すがるような目で見つめられれば、手を差し伸べてやらずにはいられないだろう。

（私には、決してできない顔……）

義経が牛車の脇にぴたりと寄り添って、堀河館へ入っていくのを、静はただ見つめているしかなかった。

行列が館の中へ入り、義経も家臣たちも引き取ってしまうと、堀河館の門前は急に閑散とした。

（……もう帰ろう）

築地から身を引きはがすような思いでそう決心した時、静はふと、向こう側の築地に張りついた人影に気づいた。たいそう長身で、がっしりとした体格の若武者が、堀河館の様子をうかがっている。その端正な顔立ちと思い詰めたような眼差しを目にした時、

（あの方は……畠山重忠さま）

静はすぐに思い出した。

重忠にひそかな想いを寄せた琴柱の言葉がよみがえる。

――畠山さまは恋しいお方がいらっしゃるんですって。その方とは何やらわけあって一緒になれないとかおっしゃっていたけれど。

その恋しい娘というのが今、義経の館に入っていった娘ではないのか。確か、河越家と畠山家は同じ一族だと聞いたことがある。いずれも武蔵国に所領を持つ家同士であり、二人が知り合いであっても不思議はない。

静がじっと見つめていると、それに気づいたのだろう、重忠が静に目を向けて、あっという表情を浮かべた。

静は軽く頭を下げて、重忠のいる築地の方へ近付いていった。近くでよく見ると、重忠の表情には濃い翳りがある。

「今日は、堀河館に祝い事があったようでございますね」

静は何気なく話しかけた。重忠はむっつりと押し黙っている。

「判官さまの北の方となられる姫さまは、畠山さまのお知り合いでしたか」

思い切って静が尋ねると、重忠は仕方なさそうにうなずいた。

「血縁の娘です。……兄妹（きょうだい）のように育ちましたゆえ」

「さようでございましたか。それでご心配になって」

この方は自分と同じだと、静は思った。

やはり重忠はあの娘に懸想していたのだ。だから、こうして焦燥に駆られ、堀河館まで足を運んでしまった。自分が惨めになるだけだというのに……。気持ちを抑えることもできずに。

これ以上、そんな重忠を見ているのはつらかった。

「それでは、ここで失礼いたします」

静が挨拶して、その場を去ろうとすると、突然「静殿」と、重忠から呼び止められた。振り返ると、重忠の気遣わしげな眼差しとぶつかった。

重忠も気づいてしまったのだ。ここへ足を運ばずにいられなかった静のまことの想いに――。

「お気をつけて」

とだけ、重忠は言った。

「はい。畠山さまも」

静は心からの思いを込めて言った。

二

義経は河越の娘を館に迎えた後、秋のうちに一度、静の家を訪ねてきた。娘の容貌や気立てがどうという話はいっさいしなかったが、妻を迎えたことは自分から打ち明けた。かつて静が離れていくのを恐れていた様子は、今はうかがえない。静が気持ちは変わらないと言ったことで安心したのか、それとも正妻を迎え、世間からも一人前と見なされた男の自信がそうさせるのか。あるいは――。

（あの頼りなさそうな姫君を、守ってやろうとお思いになるお心ゆえか）

そう思うと、義経が妻をどう見ているのか、気になって仕方なくなる。訊かない方がいいと思うのに、なぜか口は勝手に動いて、

「北の方さまがいらっしゃって、お館はどこか変わりましたか」

気づいた時にはそう尋ねてしまっていた。

「……そうだな」

義経は呟き、それから少し言葉を探すふうに沈黙した後、

「女主人が館にいることで、館内が明るく輝いて見える……と言えばいいのか。私が女主人のいる家で暮らしたことがないゆえ、そう思うのかもしれぬが……」

と、どこか遠い眼差しで呟いた。

奥州で藤原秀衡の世話になっていた時、また鎌倉の頼朝のもとに身を寄せた時、その一家と共に暮らしてはいなかったのだろう。そのように、これまでは外から見るだけだった一家の暮らしというものを、義経は初めて経験しているのだ。そうした暮らしを当たり前のものとしてきた妻と共に――。

それは父を知らず、六歳で総角に預けられた静もまた、知らぬものであった。静がどう転んでも、義経に与えてやることのできぬ暮らしであった。

「そのようなお館を、判官さまはずっとお求めになっておられたのですね」

静が微笑みながら言うと、義経ははっとなった。何げない調子で言ったつもりだが、声にも表情にも出てしまったのだろうか。自分で尋ねておきながら、義経の返事を受け容れがたく思うやりきれない気持ちが――。

「静の家とていつも明るく輝いているぞ。奥州の御館や兄上の館よりもずっと明るい」

義経はまるで言い訳するように早口で言う。静は声を上げて笑った。今度は明るい声で笑うことができたようだ。

「この静を相手に、さような言い訳はご無用でございます。私は判官さまを恨んだり怒ったりいたしませんわ」

「そなたをそのような女と思っているわけではない」

慌てて告げた後、

「私は……河越の娘には手を出していないのだ」

どこか寂しさと切なさを感じさせる声で、義経は告白した。

静は息を呑んで、義経を見つめ返した。

「弁慶らがな、あの娘は兄上の手先だというのだ。兄上を疑うわけではないが、兄上から私の様子を探れと言われているかもしれぬ。断じて気を許してはならぬと、忠告されているのだ」

義経は先ほど以上の早口で言った。

「それを、信じていらっしゃるのですか」

静が目を見開いて尋ねると、次の義経の返事には一瞬の間があった。

「もちろんだ。弁慶らの申すことは正しいと思っている」

義経はきっぱりと答えた。ごまかしているふうに聞こえたわけではない。だが、

（嘘を吐いておられる）

と、静は直感した。

河越の娘に手を出していないと言ったのは嘘だ、と思うわけではない。そして、弁慶らがその娘を警戒し、義経にも気をつけるよう促したのも事実だろう。だが、義経自身は妻のことを頼朝の手先などとは思っていないはずだ。それでも、そう信じ込もうとしており、自分でそのことに気づいていない。

（北の方さまを傷つけたくないのだわ）

仮にまことの夫婦になったところで、先行きは分からない。頼朝が義経を許すと言ったわけでもなく、一度猜疑心を抱かれた以上、これからも危うさは続くだろう。

この先、もしも頼朝と義経の仲が決裂した時、河越の娘はどうなるのか。その両者の間で板挟みとなり、実家と夫の狭間で苦しむのは目に見えている。義経はその時のことを思い、あえて河越の娘に情けをかけぬつもりなのではないか。

「私は……間違っているか」

ややあってから、義経は静の顔色をうかがうようにしながら尋ねた。

「いいえ、判官さまは正しいと思います」

その頼りなげな眼差しに、静は迷わず首を横に振ってみせた。

「そうか」

義経が安心したように、かすかに歯を見せて微笑む。

「寂しいとお思いにならないでください」

静は義経の頰に両手をあてがい、包み込むようにしながらささやいた。

「判官さまにはこの静がおります。寂しい思いをさせることは決してありませぬゆえ」

「……そうだな」

義経は呟いて目を閉じると、静の胸にそっと顔を埋めた。静は義経の頭を両手で優しく包み込む。

(たとえこの方が北の方を大事に思っておいでても、この方は私だけのもの)

妻と男女の仲にならなければ、義経のまことの想いが妻に伝わることはないだろう。あの幼く見えた妻は、自分が夫から相手にされぬ寂しさに打ちひしがれるだけだ。甘やかされて育った娘なら、実家へ帰りたいと父母に文でも書き送るのではないだろうか。いっそそうなればいい。あの娘が坂東へ帰ってくれれば、すべては元通りに丸く収まる。本当に、義経は自分だけのものに――。

(いいえ、違う)

静は胸の中で声を上げた。本当は分かっている。今となってはもう、元の通りに戻らぬことは――。

(あの方が坂東へ帰ってしまえば、判官さまはきっと深く傷ついてしまわれる)

義経の頭を抱きかかえながら、静はそっと目を閉じた。

それから間もなく冬が訪れた。

しんしんと底冷えのするその翌日、静は一人扇を手に稽古場に立っていた。扇を開く手はかじかみ、襪を履いていても床の冷気が足に伝わる。いや、その冷たいという感覚もほんの少しすると分からなくなってしまった。

今日は琴柱はいない。いつもなら笛を吹いてもらうところだが、あえて呼ばなかった。何の曲を舞うか、気持ちが定まらなかったからだ。稽古場に立ち、扇を手にすれば、舞いたい曲が浮かぶかと思ったが、気持ちは乱れたままであった。

一度目を閉じ、心を澄ませる。今、心がいちばん訴えたい、解き放ちたいと思っているのは何だろう。己の力と才を用い、舞にのせて誰かに伝えたいと思うこととは――。

どのくらいの時が経ったものか、胸に宿るさまざまな思いは一つの歌となって凝り固まった。

物おもへば沢（さは）の蛍も我が身より　あくがれいづる魂（たま）かとぞみる

恋の歌詠みとして名高い和泉式部（いずみしきぶ）の歌だ。この歌で舞ったことはなく、無論、曲もっいてはいない。

――恋の物思いにふけっていると、沢の蛍の光が私の体から脱け出していった魂のように見えるのです。

苦しい物思いが生霊（いきりょう）となって脱け出すことを詠んだような歌。恋の苦しさを詠んだだけの歌とも取れるが、生霊となった魂がどこへ飛んでいくのか想像すると怖い。蛍となって恋の炎を燃やしているだけならいいが、嫉妬する相手の女に取り憑きでもしたらどうか。『源氏物語』には生霊となって恋敵（こいがたき）を死に至らしめた女も登場している。

和泉式部はこの歌を貴船（きふね）神社で詠んだと伝えられていた。

貴船神社は丑（うし）の刻（こく）参りでも知られる。男を奪われた女が恋敵を呪い殺すため、鬼にならんと丑の刻参りをしたという――。

（私も同じ……）

ああそうかと、ようやく分かった。これが誰かを妬むという心情だ。

だから、こうして魂が脱け出さんばかりの嫉妬を、歌にのせて舞っているのだ。それほどに、あの野菊のように目立たぬ幼い妻が妬ましいのか。義経は妻には手を出さないと言ったというのに。

義経の告白は、静にとっては女としての勝利そのものであった。あの妻は静と同じ土俵で戦うことさえできない。

それなのに、この苦しさは何なのだろう。まるで自分の方が敗北したかのような――。いや、実際に敗北したのは自分なのか。

ああ、頭の中を墨色の闇が覆いつくしている。その中を浮遊するぼんやりした光がある。あれは、我が身よりあくがれ出た嫉妬の……。

「静姉さんっ！」

唐突に現れた琴柱に抱きつかれて、静は動きを止めた。

自分は何をしていたのだろう。一瞬、わけが分からなくなったが、

「静姉さんったら、心配させないで」

琴柱の体の温もりが我に返らせてくれた。

「琴柱……」

前にもこうして琴柱に舞うのを止められたことがあった。あの時は確か、足の爪が割れてしまい、それを心配されてのことだったが……。

つと足もとを見たが、襪に血が滲んでいる様子はなかった。

「何度呼びかけても、姉さん、返事もしないから」

初めは舞の稽古の邪魔をするまいと思っていたそうだが、途中からさすがに不安になって声をかけ、まったく反応がないので抱きついたのだという。

「静姉さんったら」

琴柱はなかなか静の体から離れようとしない。その声がやがて涙に滲んできた。

「……ごめんなさいね、琴柱」

静は琴柱の肩を抱き、「もう大丈夫よ」と言い添えた。

「私、判官さまの北の方のことで、少し思い詰めてしまっていたのね。恋しい人を独り占めできないなんて、誰でも知る苦しみだというのに、私はそれだけのことで動じてしまって……」

その動揺がきっと舞にも表れていたことだろう。こんなことではとうてい一流の白拍子とは言えない。静がそう口にすると、

「そんなことはありません」

琴柱は顔を上げて言った。

「静姉さんの舞は確かに美しいだけのものじゃなかったかもしれないけれど、でも、その方が人の心に深く沁みるんです」

涙に濡れた顔を優しく綻ばせて、琴柱は続ける。

「だって、私がそうでしたから」

「琴柱……」

「今の姉さんの舞を見ていたら泣けてきたんです。悲しいのか悔しいのか情けないのか、

よく分からないけれど、心の底が激しく揺さぶられて……。変ですよね。和泉式部の歌のような激しい恋なんて、したこともない私なのに」

「………」

「『しのぶれど』の歌を舞っていた時の姉さんは、本当におきれいでした。まるで内側から光を放つような感じにも見えて。そんな姉さんが私にはとても誇らしかったけれど、今の舞を見て思い直しました。今の姉さんの舞の方が私は好きだって」

「ありがとう、琴柱」

静は琴柱の体を抱き締めて言った。

「私はもう、本当に大丈夫よ」

琴柱は再び小さな声でしゃくり上げ、静は感謝を込めてその背を撫でた。

三

間もなく年の瀬が慌ただしくやって来て、元暦二（一一八五）年が明けた。

義経の兄の範頼は、頼朝の命を受けて西国の平家討伐に赴いているが、これという成果を上げられぬままである。一方の義経は妻を迎えたことで、頼朝の信頼を回復したものか、ようやく待ちかねた出陣命令が下された。

一月十日、義経は軍勢を率いて西国へ赴いた。前年とは異なり、戦勝祈願の儀式もない急な出陣であった。

義経が都を去ってほどなく、梅の花が綻び始めた。静が母と暮らす七条富小路の家にも、庭に小ぶりの白梅の木があり、可憐(かれん)な花をつけた。

静は毎日、この家を出て総角の家へ行き、宴席が入っていればそちらへ出かけ、なければ歌舞の稽古をした後、家へ帰る。一月半ばのその日は宴席がなかったので、静は夕方になる少し前に七条の家へ戻った。

すると、一人の若い娘と連れらしい少年が一人、静の家の前で佇み、梅の木を見つめているのに出くわした。

(河越の……北の方さま)

娘の横顔を見た瞬間、静はそれが義経の妻であることに気づいた。

牛車の窓からちらとのぞく顔を見ただけだが、あの横顔は忘れようはずもない。

婚儀の日、やむにやまれず、静が義経の館を訪れてしまったように、河越の娘もやむにやまれず、静の家を訪ねてきたというのだろうか。

(私もまた……北の方さまのお心を不安にしている)

その気持ちはよく分かった。同時に、どういうわけか、目の前の娘を痛々しく思ってしまった。

——物おもへば沢の蛍も我が身より……

まさか、あの歌舞をしていた我が身の魂があくがれ出て、この娘に取り憑いたということはあるまいが。

婚儀の際に十六歳と聞いているから、まだ十七歳になったばかりだ。自分より三つ年下のその娘は、静の目にはもっと幼いように見えた。

「きれいね」

邪気のない澄んだ声が、静の耳にも届いた。知らぬふりをして、家の前を通りすぎてしまうことも、このまま踵(きびす)を返して姿を消すこともできた。だが、静の足は河越の娘に向かって、自然と動き出していた。

「我が家に何か御用でしょうか」

静は、相手を驚かせぬよう、娘の背後に回って声をかけた。

娘はゆっくりと振り返った。そして、静を正面から見据え、おもむろに口を開いた。

「この梅の木があまりに美しかったので、見惚(みと)れておりました。お手入れなさる人の心も、この花のようにお美しいのであろうと——」

静を値踏みするような目ではなかった。夫の愛妾に嫉妬する目でもなかった。ただ、落ち着いた声で口にした言葉だけが、その娘の真実であるように思われた。

妬ましく思ったりしてはいけない。この純朴な少女を義経は傷つけたくないと思っているのだから。

静は自分に言い聞かせ、気持ちを整えてから、

「お褒めくださりありがたく存じます」

と、礼を述べた。そして、白梅を一枝手折り、そっと河越の娘に差し出した。

「お伺いしてもよろしゅうございますか。あなたさまの御名を――」

「郷と申します」

河越の娘は枝に手を差し伸べ、自ら名乗った。

「北の方さまとお呼びしてよろしゅうございますか。お会いできて嬉しゅうございます」

郷の手に白梅の枝を握らせた手をそのままにして、静は挨拶した。郷は手を引こうとはしなかった。

「おそらく私の素性はご存じでいらっしゃいましょう。私は北の方さまにどうしてもお伝えしたいことがございましたの」

決して無理をしないでも、言葉が次から次へ自然とあふれ出してくる。そのように人の気持ちを穏やかにさせるところが郷には備わっていた。

「それは、判官さまが北の方さまのような女人を、心からお求めになっておられたということでございます」

静は白梅の枝ごと、郷の手を握ったまま語り続けた。郷が来てからというもの、六条堀河館の中が明るく輝いて見えると、義経が言っていたことをありのまま伝える。義経はそういう温かい家をずっと求めていたのだということも。それは決して静が義経に与えられないものだから。

「判官さまの母君、常盤御前さまの御事、お聞きおよびでしょうか」

気づいた時には、自分でも思いがけないことまで口走っていた。

だが、この人には知っておいてほしい。義経の苦悩、義経の孤独、そしてどれほど郷を気遣っているかということを――。

義経が大事に思う人だからこそ、正しく知ってもらいたかった。和泉式部の歌で舞ううちに生じた魂を失くすほどの妬ましさが、消え失せたわけでは決してない。それでも、今目の前にいる若い娘を疎ましく思うのはやはり間違っているという気がした。

静は語り続けた。

義経の父、義朝の妻であった常盤が夫の死後、子供たちの命乞いをして、平清盛の愛妾となったこと。その後、公家の一条長成の妻となったこと。そうした母の生きざまはその美貌のせいだと思い込み、義経がそれを憎んでいること。

あえて郷に語ったわけではないが、かつて一度だけ会った常盤御前の面影がよみがえった。自分はなぜあの時、常盤御前と出会い、その生きざまを聞く羽目になったのだろう。これまでの静は、義経と結ばれる運命だったからあの出会いがあったのではないかと、何となく思っていた。

だが、もしかしたら、あれは、郷と話をする時のために用意された邂逅だったのではないだろうか。

――雄々しい勇者たちは私だけを見てはくれなかったし、私の前から消えてしまった……。けれど、優しい人が現れて、私だけを大事にしてくれたの。

そう常盤は言っていた。あの時、常盤は自分でも何を言いたいのか分からぬまま話しているふうに見えたし、静にもよく分からなかった。また、静がその聞き手になった理由も、お互いに分かっていなかった。

――言おう言おうと思いながらできなかった。そなたが私から離れていくと思うと……。

常盤の言葉に、義経の言葉が重なる。

大事な女が去っていく寂しさを義経が耐えがたいと思うように、常盤もまた、大切な男が去っていく寂しさに苦しんでいたのではないか。常盤が本当に言いたかったのは、多くの男たちから愛されたことではなく、優しい人が自分一人を大事にしてくれる今の幸いの方だったのだろう。もしかしたら、自分と同じような運命に見舞われるかもしれない境遇の静にも、最後はそうなってほしいと思い、ああ言ったのではなかったか。

いや、自分のことは今はいい。義経が知らない常盤御前の今の幸い――それを義経が知る必要もない。だが、それは、義経自身が愛しい女に与えてやりたいと思うものに他ならないはずであった。

静が語る話に、郷は控えめにうなずいた。静を見つめるその眼差しには、その美貌を妬んだりうらやんだりするような翳りはない。

「九郎さまは、あなたが母君と同じようにお美しいため、ご心配でいらっしゃるのね。あなたがいつか、母君のようになられるのではないかと――」

郷は穏やかな声でひっそりと言う。その言葉は間違っていないかもしれない。だが、今はもう、それが義経の心のすべてではないはずであった。

「そして、北の方さま。あなたさまの御事も――」

静は郷の目をじっと見つめながら告げた。

「判官さまは心配でならないのですわ。北の方さまが母君のように、いつかご自分をお捨てになるのではないかと――」

郷が常盤御前に似ているからではない。義経が常盤御前にこうあってほしかったと望むものを持っているから、義経は郷を失う時のことを恐れている。そして、義経や郷本人の気持ちとは関わりなく、二人の仲は鎌倉方の意向によって、いつ引き裂かれるか分からないのだ。でも、だからこそ――。

「北の方さまは何があろうとも、判官さまのもとをお離れになってはなりませぬ」

そう言わずにいられなかった。

もしも郷が義経を裏切れば、義経はたいそう傷つくだろう。母に捨てられたと思い込み、美しい女を嫌っていた義経。合戦で功を立てた後は、兄頼朝の不興を買ったと心を悩ませていた義経。その義経の妻となった娘が、兄との仲を結ぶ絆であるならば、どうか郷だけは義経を裏切らず、ずっとそのそばにいてほしい。

静はそう願い、郷の手を握り続けていた。

やがて、郷は白梅の枝の礼を慎ましやかに述べると、従者の少年と共に去っていった。

静はしばらくの間、その場に佇んで見送り続けた。ようやく郷の姿が見えなくなって、家の中に入ろうとした時、静はこちらをうかがう人影に気づいた。

「まあ、葛の葉ではありませんか」

「お久しぶりでございます」

葛の葉は悪びれた様子もなく挨拶した。郷が六条堀河館へ入る前に総角のもとへやって来て、ひとしきり騒いだ時以来だろうか。あれから数ヶ月が経っている。

今日はどうやら郷のあとをつけて、ここへ来たということらしい。

「そなたは堀河館でお仕えしている身でしょう。勝手にこんなところへ来てはならないわ。おまけに、北の方さまをつけるような真似をするなんて」

静がやんわり忠告すると、葛の葉は少し不服そうな色を目に浮かべた。静の前では、すっかり従順になった葛の葉だが、そういう表情をすると昔の態度が思い出される。おそらく郷のことを静の敵と見なし、昔、総角の一座で見せていたようなかわいげのない態度を取っているのであろう。

「あまり、北の方さまを困らせては駄目よ」

「私は、勝手気ままにここへ来たわけじゃありません。ちゃんと、弁慶さまのご命令に従っているんです」

葛の葉は口を尖らせて言い返した。

「弁慶殿……?」

義経の家臣である弁慶は今、義経に従って合戦に赴いているはずだ。ということは、出陣前に葛の葉に言い置いていったのだろう。

「はい。弁慶さまは、北の方さまに怪しい動きがないか、見張れとおっしゃいました。私はそのご命令に従って、北の方さまのあとをつけていたにすぎません」

弁慶は、郷が鎌倉方とつながっていて、義経に不利な話を鎌倉へ流しているのではないか、と案じているらしい。葛の葉もその弁慶の考えに染まっているようだが、

「それにしても、静さまの家へ押しかけるとは思ってもみませんでした」

と、少しあきれた口ぶりで郷のことを評した。

「きっと、判官さまの想い人である静さまのことが、気にかかったんですね。静さまも

まともにお相手なんかなさらず、無視しておやりになればよかったのに……」

葛の葉は相変わらずきついことを言う。それから、静が枝を折った白梅の木に目を向けると、

「本当に、静さまもお人好しなんですから。どうして、お家の大事な梅の枝を、あのお方に差し上げてしまったんですか。もったいない」

と、腹立たしげに続けた。

「北の方さまはこの白梅を美しいとお褒めくださったのよ。世話をする私の心も美しいとおっしゃったわ」

「静さまはお心だけでなく、お姿だってお美しいのに——。わざわざ心と口にするなんて、静さまのお美しさを妬んでいらっしゃるんですよ」

「あの方は、そんな方ではないわ。おそばにお仕えしているんだから、葛の葉だって、本当は分かっているでしょうに……」

静が微笑みながら言うと、葛の葉はきまり悪そうに横を向き、何とも言わなくなった。

「白梅は清らかで可憐な花ね。私より北の方さまの方がお似合いだわ」

静は葛の葉にというより、自分自身に語りかけるように、ぽつりと呟いた。

「そうでしょうか。私には、静さまの方がお似合いだと思いますが」

葛の葉がすぐに言葉を返して、首を大きくかしげてみせる。

「いいえ、白拍子の私に似合うのは別の花よ」

静は小さく首を横に振った。

「そりゃあ、静さまには満開の桜の花だって、豪華に咲き誇る牡丹(ぼたん)の花だって、お似合いですけれど」

「そういう花じゃないのよ」

もっと地味で、目立たない——しかし、天を目指してすっくと伸びる白拍子の花。

「いつか、葛の葉にも教えてあげるわ」

花の名を口にはせず、静はいつしか茜色(あかねいろ)に染まった夕空を見上げながら言った。

第六章　吉野の白雪

一

　義経が参戦した後の源平の合戦は、即座に勝敗が決した。屋島に陣を張っていた平家一門を急襲し、勝利を収めた義経は、平家軍を壇ノ浦に追い詰め、滅ぼしたのである。初夏の頃、捕虜を連れて帰京した義経は、都で疲れを癒す間もなく鎌倉へ発った。この時、静は義経には逢えなかった。静の家へ訪ねてくる暇もなかったのだろう。静の方も、義経が凱旋した時の姿を見るため、わざわざ都大路へ行きはしなかった。

　鎌倉へ出向いた義経が腰越で足止めを食らい、頼朝と対面することはおろか、鎌倉にも入れてもらえなかったという噂が都に伝えられた。頼朝の側近に宛てて、執り成しを頼んだ書状にも、返事をもらえなかったという。

「鎌倉殿というお方は、血も涙もないのでしょうか」

　琴柱も憤慨して言う。やり切れない思いは静も同じだった。いや、都の人々は、鎌倉に居座っている頼朝より、戦場で戦い、平穏をもたらした義経に心を寄せていた。

だが、そうであればあるほど、頼朝の意を受けて義経のもとへ嫁いできたあの郷は、身の置き場がなくなるだろう。葛の葉はあの調子で、郷に冷淡な物言いをしているのではないか。

とはいえ、都に戻ってくれれば、義経はまず六条堀河館へ向かうし、そうすれば郷とも顔を合わせる。

(私が逢えない間も、北の方さまは……)

そう思えば、ただの愛妾にすぎない自分の立場を思い知らされた。自分が寂しいから、義経に逢いたいのではない。義経が苦しんでいると思えばこそ、逢ってその心を慰めたいと思うのだ。

(あの北の方さまに、判官さまのお心を救うことができるとは思えない)

ただ素直なだけの、男に守られることが似合う女などに――。

そんなことを思う自分にはっとすることもあった。

郷が心根のまっすぐな素直な娘だということは、実際に会ってみてよく分かった。義経の嫌う傲慢さの欠片もないし、ただの甘やかされた娘というふうにも見えなかった。そんな郷が義経のそばにいることを、自分は受け容れようと思っていたはずだ。他ならぬ義経自身のために――。

だが、義経を間近に見て、その肌に触れられるならともかく、まったく逢えない日々が続けば、穏やかにしてばかりもいられない。義経のために何もできない自分がもどかしくなる。

（判官さま、どうして私のところへ来てくださらないのですか。あなたさまは今、慰めを求めておいでではずでしょうに。誰よりもあなたさまを慰めることができるのは私のはず）

それとも、六条堀河館で過ごす日々に、心が慰められているというのだろうか。郷には手を付けないと義経は言っていた。心さえ結ばれていれば、満たされるというのか。いや、政略によって娶った妻に手を付けないということは、義経が妻や頼朝に対して心を許していない表れとなる。そのことがある以上、契りを交わさぬ限り、郷が義経の想いを汲み取ることはないだろう。

（まさか――）

義経が静のもとを訪ねてこないのは、郷と結ばれたからなのか。頼朝との仲が完全に決裂し、もはや夫婦としての行く末に希望が持てなくなった今になって、あの二人は本当に結ばれたというのだろうか。

そうだとしたら、二人を夫婦とした頼朝や郷の実家の思惑などとは関わりなく、互いへの情だけで結ばれたということになる。

（どうして判官さま。あの方には手を出さないとおっしゃっておいでだったのに）

はっきりと確かめたわけでもないのに、そうだという気がしてならなかった。疑心暗鬼はひとりでに膨らんでいき、一人で寝る夏の夜を寝苦しいものにする……。

なぜ、自分は女を追っているのだろうか。

憎いからだ。自分の大切なものを奪った女。あの女が幸いになった分だけ、自分は不幸になった。そして、醜くなった。姿かたちの美しさではない。美しい心を失ったのだ。心根の美しい女を好む義経から情けをかけられたこの自分が、浅ましく醜い嫉妬心に苛(さいな)まれて。

だが、走り出した足はもう止まらない。

女の背中に爪を立て、起き上がれぬほど笏拍子で打ち据えてやる。

爪――?　笏拍子――?

なぜそんなふうに考えたのだろう。そう思って手を見下ろすと、鋭く尖った長い爪が生えていた。その手は笏拍子を強く握り締めている。これはおかしいと思うより、この爪と笏拍子があれば、あの女を思う存分傷つけてやれると、ほくそ笑む気持ちが湧いた。

その時、逃げていく女が走りながら振り返った。

女の顔が見える。よく知った顔だ。目立たず控えめな、どこか芯の強さを感じさせる、あの人が好みそうな――。だから許せない。一目見た時からたまらなく不快だった。

女の目の中に脅(おび)えの色が走る。女の足の動きが鈍くなった。女が足をもつれさせてその場に倒れる。自分はすかさず跳びかかり、女を上から押さえつけた。

打ち据えてやろうと、笏拍子を手に振り上げた時、大きく見開かれた女の双眸（そうぼう）に映り込んでいるものが見えた。

三本の足がある鉄輪（かなわ）を逆さにして頭に被（かぶ）った不気味な姿。鉄輪の足は頭から生えた角そのもので、その先にはなぜか青白い火が点（とも）っている。

（鬼――）

脅える女の目に映っているのは、まさに鬼そのものだった。女は鬼から逃げていたのだ。その鬼が自分の姿に他ならないと知った時――。

「ああーっ」

静は頭を抱えて大声を上げた。

目覚めた時には、ひどく嫌な汗をかいていた。

体を起こしてすぐ、己の手を見る。夢で見たような長くて先の尖った爪が生えているわけではない。すかさず枕元の箱から手鏡を取り出し、薄明かりの中でのぞき込む。そこに映っているのは少し疲れた表情ではあるが、いつもの自分の顔であった。鉄輪を被ってもいなければ、角も生えてはいない。

気になって蔀（しとみ）を開け、外の光の中でもう一度よく鏡を見たが、鬼はいなかった。

（この顔を、人は皆、美しいと言うのだろうか）

鏡の中の顔は他人のもののように見えた。また、これまで美しいと褒められれば単純に嬉しかったはずの自分の顔が、今はそうも思えない。

夢で見た鬼女の顔が鏡の像に重なる。

あれが自分の心を映し出した本当の姿だったのだろうか。そうだとしたら、あんな自分を人に見せるわけにはいかない。

夢とはいえどこか恐ろしく、とらえどころのない不安を抱えながら、静はその日、総角の一座へ向かった。

京では、平家一門の武将たちがあらかた首を刎ねられ、さらに遺された平家の男子たちが探し出されては殺されるという蛮行が鎌倉方の命令で行われている。都には平家と姻戚関係を結んだ公家も決して少なくない。こんな時に宴を開く者もいなかったから、静たちも夜は暇なことが多かった。

この日も宴の席はなく、静は稽古だけをして家路についた。

今晩もまた、あの嫌な夢を見るのだろうか。そう思うと、夏だというのに手足の先ばかりでなく、心までも冷えてきて、とても眠れそうにない。

すると、その心が通じたものか、この晩、義経は急に静の家を訪ねてきた。もう子の刻（深夜十二時頃）も過ぎた時分であった。

半年ぶりの急な訪問であったが、静はすぐに酒肴の支度を調え、何げない様子で義経を迎えた。無沙汰を咎めるでもなく、鎌倉でのことを問わぬ静に、義経はどこかほっとしているようであった。

だが、この夜の義経は前と違って見えた。大きな合戦を経て、武将として成長したという類の変化ではない。また、兄の手厳しい拒絶に遭って、苦しんだ末の変貌でもない。静に鬼の夢を見せたあの予感――義経が郷と結ばれたのではないかという予感が、当たっていたのだろうと静は思った。

前もって想像していたせいか、あるいは例の夢があまりに鮮烈だったせいか、義経を前にして直感したこの時、静は少なくとも動揺を見せずにいられた。

義経の表情に、想う女と結ばれた末の喜びや自信のようなものが見られなかったことも、静の胸を衝いた。あるのは、ひたすら重い苦悩の翳りであった。

郷と本当の夫婦になろうと、いかに真の絆で結ばれようと、頼朝と義経が決裂した今、その行く手に明るい光を見出すことはできない。

「今宵は何か舞って御覧に入れましょうか」

静が問うと、杯を手にした義経はうなずき、ほのかに微笑んだ。

「かつて、そなたが『越天楽』を私だけのために舞ってくれたことがあったな」

「はい。それほど昔のことでもございませんのに、懐かしゅうございます」

「まことに。何十年も前のことのような気がする」

まだ三十にもならぬ身で、義経はそんなことを言った。だが、その感慨は義経よりさらに若い静にもよく分かるような気がした。

「あの日のように舞ってくれるか」

義経は嬉しそうに言い、自分も蟬折の笛を吹こうと言った。

「では、あの晩と同じように『越天楽今様』を」

あの晩以降、こうして二人で笛と舞を合わせたことなどなかったのに、まるで毎晩同じことをして過ごしてきたかのように、静の舞と笛の音色は息が合った。

静は心を込めて舞った。だが、あの晩のように、ただ相手を想う気持ちだけで舞うことはできない。郷を娶った義経への複雑な思いもある。郷への妬ましい気持ちも結局自分は捨て切れなかった。

それでも、愛しい人に憂いなどなく生きてほしいと願う気持ちはある。誰よりも幸いになってほしいと願っているのに——。

一曲吹き終えた後、

「ああ、昔に帰ったようだ」

と、義経は感慨深そうに呟いた。その瞬間、静の脳裡にふと浮かんできた歌があった。

確か『伊勢物語』にあったものだ。

いにしへのしづのをだまきくりかへし　昔を今になすよしもがな

すでに終わってしまった昔の恋を、今取り戻す方法があればいい——というどうにもならない思いを詠んだものだ。だが、すでに過ぎ去った素晴らしい時をもう一度取り戻したいと願うのは、どんな人の心にも必ず宿る思いなのではないだろうか。

静は『越天楽今様』を舞い終えたそのまま、この歌を歌いながら舞い始めた。曲は『越天楽今様』の春に合わせた。扇を使い、心の赴くまま、手と足を自在に動かす。決まった舞の型もない。ただ、舞いたいように舞った。

義経は少し驚いたようだが、静の歌う歌の意を悟るや、感じ入った表情を浮かべている。

「『しづのをだまき』とはまた何と、そなたのためにあるような歌ではないか」

義経はさらに、「いっそ『しづやしづしづのをだまき』としたらどうか」と興に乗った様子で言い出した。

「今度は私も笛を合わせよう」

義経が明るい声で言うので、「では」と静も再び扇を持ち直した。二人は「しづやしづしづのをだまき……」という替え歌に、笛と舞を合わせた。これまで舞ったどの時よりも、心が伸びやかに広がっていく。

それは、義経も同じようであった。

「ああ。久々に気分が晴れ晴れとした」

笛を吹き終えた途端、義経はすがすがしい表情で言った。

「それはようございました」

静は心から言い、義経の脇に座ると、その杯に酒を注いだ。

「そなたの歌と舞は私に力を与えてくれる」

義経は言った。

「折れかけていた心を立て直すことができたようだ」

その立て直した心で、義経はどこへ行き、何をしようというのだろう。鎌倉の兄、頼朝と戦おうというのか。それとも、郷のもとへ行き、心を通わせようというのか。

ややあって、義経は静の膝を枕に身を横たえた。静が義経の鬢の毛にそっと手を触れると、

「法皇さまは私におっしゃったよ」

沈んだ声で、義経は語り出した。

「頼朝追討の院宣を出してやろうと――。頼朝を討ち滅ぼし、そなたが征夷大将軍になればよいと――」

「まあ」

それは、よく考えてみないでも、頼朝と義経の仲を引き裂こうという企み(たくら)だと推察できる。義経とてそれが分からぬ道理はない。

だが、義経は前に後白河法皇から、判官の官職を授かってしまった。それが頼朝の怒りを買い、頼朝の政権からはじき出された原因である以上、もはや後戻りはできないのだ。義経がどれほど「昔を今に」なす方法を希(こいねが)ったか、それを思うと、静はつらくてならなかった。

「兄上を敵にしとうはない」

やがて、義経は呟いた。

「ならば、いかがなされます」

「……逃げる」

「逃げる……」

「そう。逃げるしか道はないのだ」

自ら言い聞かせるように言った時、義経は瞼を閉じていた。

「歌をお聞かせいたしましょう。このままお休みくださいませ」

静はその耳もとにそっと口を寄せてささやいた。義経は目を閉じたままである。

わびぬれば身をうき草の根をたえて　さそふ水あらばいなむとぞ思ふ

浮き草の根が切れて流れていくように、私を誘ってくださる方がいるなら、一緒に都を去ろうと思います——小野小町が「田舎見物に行きませんか」と誘われた時、戯れに返したとされる歌。

だが、自分の気持ちは戯れなどではない。

義経が都を逃げ出すというのなら、どこまでも一緒についていく——その本気の思いを伝えたかった。そして、それこそが今、義経の最も欲しい言葉だと自分は信じている。

静はこの歌をくり返し、節をつけて歌い続けた。義経の目じりから伝う雫をそっと拭い、いつまでも歌い続けていた。

二

やがて季節は移り、秋も終わりに近付いた九月下旬の夕方、静は義経と七条富小路の家の前で出くわした。晩秋の夕方ともなれば、風もうずいぶんと冷えている。そんな中、義経は従者を一人連れた姿で立っていた。その姿に、静はかつて同じように立っていた郷の姿を思い出してしまった。

「中でお待ちくだされればよろしゅうございますのに」

義経はすまなそうな表情で「いや」と言った。

「今は館を空けるわけにいかぬ」

それは、静の家で泊まることはできないということであったが、義経はその理由を語り出した。

「鎌倉の兄が私を捕らえるべく、手勢を送ったらしい。夜討ちをかけられるやもしれぬゆえ、館は常に用心を怠るわけにいかないのだ」

確かにそうだろうと納得する気持ちの一方で、郷と一緒にいたいがための言い訳ではないのかと、妬ましい気持ちも湧いてくる。ところが、

「しばらくの間、妻を預かってくれないか」

と、義経の話は思いがけないところへ飛んだ。

「そなたに頼める筋ではないのだが」

と言い訳した後、義経は苦しげな口ぶりで続けた。

頼朝が義経の館に手勢を送ったとして、それが義経を狙ってのこととは限らない。鎌倉方の狙いとは、郷の奪還かもしれないというのである。

郷の――もしくは郷の縁者たちの動きにより、義経に対する措置も変わる見込みが出てくる。頼朝はたとえば郷を人質にされることを恐れて、万一の時のために郷を取り戻そうとするかもしれない。だから、

「そなたが守ってやってほしい」

と、義経は言う。静の家に鎌倉方が目をつけることはないであろうから、と。

「分かりました。北の方さまをこちらでお預かりいたしましょう」

静は落ち着いた声で答えた。

自分の家で預かれば、郷が義経と共に過ごせなくなるから、妬ましさも覚えないということではない。義経の頼みだから、何でも聞いてやりたいというわけでもない。

ただ、白梅の咲いていた季節、ここで花を見上げていた純朴な娘を――義経の大事に想うあの娘をむざむざ鎌倉方へ渡すわけにはいかないという気がした。

義経はいったん館へ帰っていき、翌日の夕刻、郷が葛の葉たちと共にやって来ることになったが、この話を聞いた琴柱は「何て身勝手な……」と静のために怒ってくれた。

「まったく静姉さんときたらいつもそう。面倒なことばかり引き受けて、お人好しなんだから。いじめられていたあたしのことも、生意気だった葛の葉のことも、それで今度は、鎌倉方に狙われる判官さまの北の方というわけですか」

憤った口ぶりで、静のお人好しぶりを数え上げていた琴柱は、やがて仕方なさそうに

溜息を漏らした。

「まあ、それが静姉さんなんですけれどね」

最後には自分にも手伝えることがあったらすると申し出てくれる。琴柱も自分に負けず劣らずお人好しだ。

「北の方のお世話は大丈夫だと思うわ。葛の葉も一緒に来るみたいだから」

そう言って家へ戻り、しばらくすると、郷が葛の葉と従者を連れて現れた。外まで出迎えた静に対し、

「よろしくお頼み申します」

今は色づいた葉も落ちかけた梅の木の前で、郷は慎ましく頭を下げた。その背後では、

「これから、静さまのお世話ができると思うと、私は嬉しくてなりません」

と、葛の葉が郷をそっちのけにして声を震わせる。

「何を言うの。そなたの主人は北の方さまでしょう」

静は葛の葉をたしなめたが、

「私の主人は静さまと判官さまです。判官さまが仕えよとご命じになるから、北の方さまにお仕えしているだけのこと」

と、葛の葉は聞こえよがしに言う。

郷は聞こえぬふりをしていた。葛の葉を叱るわけでもなければ、ことさら己の境遇を

嘆いているふうでもない。

その時——。どこからか、にゃあという声が聞こえた。

「あら」

と、郷が一転して明るい声を上げる。

「まあ、猫が……」

枳殻（からたち）の生垣から少し離れたところに、小さな虎猫がいた。

「静殿のお宅で飼っておいでなのですか」

郷は猫好きらしく、その声はなおも明るい。

「いえ、時折見かける猫ですが、うちで飼っているわけでは……」

「そうでしたか」

郷の声は少し残念そうだ。

「北の方さまのお慰めになるのでしたら、手なずけてみましょうか」

静が言うと、「そんなことができるのですか」と、郷は嬉しそうな声を上げた。

「人を怖がっていると、すぐには懐いてくれないかもしれませんが……」

静が「おいで、おいで」と手を差し伸べて声をかけてみたが、猫はにゃあと鳴き返しただけで寄ってこなかった。続けて、郷が同じように「おいで」と声をかけたが、今度はふーっと怒ったような声を出す。

「嫌われてしまったみたいね」

郷がしょんぼりした表情になると、葛の葉が進み出た。

「静さま、私にお任せください」

自信満々といった体（てい）で、葛の葉は腰を少しかがめながら「怖くない、怖くなーい」と猫に話しかけ、近付いていく。すると、猫はじいっと動かなくなった。

これは葛の葉がうまいことつかまえてくれるかしら、と思った瞬間、猫はぱっと身を翻して反対側へ走り去っていく。

「ああ、もう！　あと少しだったのに」

本気で悔しがる葛の葉の姿に、静は思わず声を上げて笑ってしまった。気がつくと、郷もひそやかだが明るい声を上げて笑っていた。振り返った葛の葉と目を合わせた途端、すぐに笑い収めてしまったが……。

「大丈夫よ。後でお魚でも用意して、近付いてくるのを待ちましょう」

静はそう言って葛の葉を慰めた。それから郷と目を見交わすと、互いに微笑み合った。

その後、郷の一行がふだん客が使う一室に落ち着いてから、猫のことを母の磯に話してみると、その虎猫ならば知っているという。時折、残り物を食べさせていたとかで、猫は母に懐いていたらしい。

それからは母の力も借りながら、餌をもらいに来る猫に、郷と葛の葉がそれぞれ餌やりをしたり、話しかけたりして、徐々に馴らしていったらしく、やがて猫は郷の膝の上にものるようになった。

「名をお付けになったのですか」

静が尋ねると、郷は「いいえ」と答えた。

「先の見えない今、私がずっとこの子の面倒を見てあげられるとは限りませんし」

名を付ければ離れられなくなると、あえて付けないことにしたらしい。

「京へ上る前、少しだけ鎌倉の両親のもとにいたのですけれど……」

そこでくすんだ黄金色の目を持つ猫に、琥珀と名付けてかわいがっていたという。

「すぐに発たなければならず、琥珀は鎌倉に置いてくるしかありませんでした。この子ともそうしてすぐに別れてしまうのかと思うと……」

郷は虎猫の頭を撫ぜながら語った。

「この子、初めて見た時、あまり懐こうとしないで、私に威嚇の声を上げていましたでしょう？　その様子が何だか葛の葉のようにかわいらしく見えて」

「あら」

郷の言葉に、静はくすりと笑った。

「葛の葉は生意気で、無礼だとお思いになることもあるでしょうが、北の方さまが広いお心で受け容れてくださるので、救われております。あの子ときたら、私に対しても初めの頃は――」

と、静が葛の葉と出会ったばかりの頃の話をすると、郷は「まあ」と驚いたようであった。

「根は素直な子です。悪いところは遠慮せずお叱りになり、北の方さまのおそばで使ってやってください」

郷は黙ってにっこりと微笑んだ。返事の代わりに、膝の上の猫がみゃあと鳴いた。

三

正妻が愛妾の家で暮らすという奇妙な暮らしが始まった。義経は時折顔を出しはするが、六条堀河館の守りを固めることで今は頭がいっぱいのようである。

そうして数日が過ぎた十月十七日の晩。義経の六条堀河館の周辺を見張っていた下男が、不穏な動きがあることを静に知らせてきた。

その晩、静は郷のもとを訪れた。

「今宵は私をこちらに置いてくださいませ」

静の説明を聞き、郷は目を瞠ったが、動揺することはなかった。ただ、

「殿はご無事でいらっしゃるのですね」

と、義経の安否だけを問うた。

「それはまだ分かりませぬ。万一のことがございますれば、今宵は北の方さまの御身を、私に守らせていただきたいのでございます」

静は落ち着いた声で告げた。郷は深くうなずき返した。

義経の館が襲撃されるかもしれないという晩に、休むことなどできるはずもない。その夜、二人は身を寄せ合うようにして、眠れぬ夜を過ごすことになった。

「北の方さま、ありがたく存じます」

その夜、静は郷を前に、改まってそう告げた。

「何のことでございますか」

郷は不思議そうな顔を、静に向ける。

「判官さまのもとをお離れにならなかったこと……」

静が言うと、郷の表情がにわかに強張った。

それはかつて、静が郷に願ったことである。あの時の郷は、表情を変えることもなかった。静の言葉の意味が分からなかったのだろう。だが、今は違った。それは、郷が義経の本当の孤独を知ったからに他ならない。

「お礼なぞを言われては、こそばゆく感じられます」

と、郷は静にじっと目を当てたまま言った。

確かにその通りだ。そもそも、静が礼を言うような筋のことではない。

だが、言わずにはいられなかった。義経のためによくぞ離れないでいてくれた、どうかこれからも義経を見捨てないでほしいと、その手を取って何度でも頭を下げたい衝動に駆られた。

「殿はお優しく情に厚いお方。なれど、私は殿を心からお慕いしているかどうか、分からないのです」

まだ二十歳にもならぬ郷は、幾分かの困惑を交えた口ぶりで呟くように言った。だが、それに続けて、

「ただ、殿のおそばにいたいとは思いました」

と、述べた口ぶりは、きっぱりとしたものであった。静から目をそらすこともなかった。

静はそっと微笑を浮かべた。

「おそばにいたいと思うこと――それを恋というのでございましょう」

郷がどんなことを思い、義経のもとへ嫁いできたのかは知らない。あの畠山重忠という若武者から、想われていることを知っていたのか。あるいは、郷自身も重忠に想いを寄せていたのか。そんなことは知りたいとも思わない。

今の郷は、義経という男を理解し、そのそばにいたいと言う。それで十分だった。

「確かにお礼なぞを申し上げるのは間違っておりましたわ。北の方さまはご自分の意志で、判官さまのおそばにおられたのですもの」

郷は少し頼りなげな表情を浮かべたが、静は言葉を続けた。

「もうこれからは私がいなくとも、判官さまは安泰ですわ。このような北の方さまがおそばにおられるのですもの。これからたとえ何があったとしても、北の方さまは判官さまのおそばにいてくださいませ」

「静殿は……？」

郷のもの問うような眼差しの中に、静への嫉妬の情はなかった。むしろ、静が郷に遠慮して、義経のそばを離れてしまうのではないかと案じるような気配さえ漂っていた。

自分が義経の傍らにい続けることを、郷は許してくれているのだろう。ならば、自分が郷にわだかまりを持つのは間違っている。郷を妬むのは立場をわきまえぬことだけれども、それ以上に、人の情として望ましからぬものだ。

自分がいつまで義経のそばにいられるのかは分からない。だが、それでも――許されるのなら、義経のそばにいたかった。

（この北の方さまとご一緒に、判官さまのおそばに――）

少し前までは考えてみたこともなかったが、三人で寄り添い合って暮らしていくことができるなら――。

追い詰められた形での同居ではあったが、想像していたよりずっと穏やかな日々で、自分は決して嫌ではなかった。郷もそう思ってくれたのだろう。そんな自分たちならば、きっと義経を交えて一緒に暮らしていける。たまには喧嘩もするし、嫉妬もするかもしれない。傷つけ合うこともあるかもしれない。それでも、この三人の中の誰かが欠ければ、たぶん残された者は癒しようのない傷と虚しさを背負うことになるだろう。

義経と郷と自分と――皆が無事に生きていければ、それに勝る幸いはないと素直に思えた。

「私は数ならぬ身でございますけれども、判官さまと北の方さまがお許しくださる限り、お二人のおそばにいさせていただきたいと思うておりますわ」

正直な気持ちで、静は述べた。心のどこにも無理はなかった。

今の自分は心から郷を受け容れている。だが、もしも郷が義経を捨てたり、義経から離れていったりすれば、その時こそ、自分は郷を憎むだろう。

その予感がどこかにあった。ただ、静はそれに気づかぬふりをした。

この幼く頼りなげなところのある正妻は、少なくとも義経の孤独に寄り添おうとしている。それは、心の奥底では義経を恋い慕っているからだろう。その気持ちを信じたかった。

そんな静の強い思いを察したのか、

「私が殿のおそばにいられたのは、静殿のお蔭です……」

と、郷は心から感謝している様子で告げた。

静は穏やかな微笑で応じた。郷は涙ぐんだ顔を隠すかのように、先に静から目をそらした。


この日の夜、義経の六条堀河館を襲ったのは、頼朝の命を受けた土佐坊昌俊(とさのぼうしょうしゅん)という荒法師であった。このことを予測して備えていた義経側は、あっさり侵入者を撃退し、土佐坊を生け捕りにした。

それから数日後、義経は静の家にやって来た。

まだ郷も身を寄せていたが、義経は郷のもとではなく、先に静のもとを訪ねてきた。

何かあった——それも抜き差しならぬことがあったことを、静は予感した。

「土佐坊は斬った……」

と、義経は疲れた表情で、開口一番、そう告げた。頼朝が義経を暗殺しようとしたこと、それを義経が返り討ちにしたこと、これはもはや二人の仲が修復できなくなったことに他ならない。

「郷は河越館へ送り届けるつもりだ」

と、義経は告げた。それをもって、義経は頼朝との手切れを鎌倉方に示すことになる。

続けて、

「都を出る」

と、義経は言った。それから、静の方を見ようともせず、

「供をしてくれるか」

と、切り出した。

静ははっと息を呑んだ。

いつかこういう日が来るということは、ずっと前から分かっていたことである。ただ、その時、義経が郷と自分をどうするのか、それだけはいくら考えても分からなかった。二人とも連れていく、どちらか一方だけを連れていく、あるいは二人とも置いていく。

そのどれもがあり得る結末だった。

（でも、お一人で去るのはつらすぎる――）

もし義経が郷だけを連れていくと決めたならば、自分はわきまえねばならないと静は思っていた。いつか義経が郷の手を取り、静に黙って都を立ち去る日が来ても仕方ないのだ、と。

しかし、義経の出した結論は違っていた。

郷を実家の河越家へ返し、縁を切るというのだ。逃避行の苦労をさせてはならぬと思うのだろう。よく考えれば、それもまた、義経らしい決断だった。

「私でよいのですか」

と、静は訊き返した。義経はそうだとも、そうでないとも言わず、ただ悲しげな目で静を見た。

「私を蔑(さげす)まないでいてくれるか」

一人で行けぬ臆病さを言うのか。あるいは、静なしでは生きていけぬ弱さを言うのか。そのいずれでもかまわない。そういう男を自分は愛しいと思ったのだ。その男が今、自分を求めてくれるというのに、どうして応えないでいられようか。

「何を申されますか」

静は軽やかに微笑んだ。

「私は判官さまのすべてをお慕いしております。判官さまただお一人の前で、『越天楽今様』を舞ったあの晩よりずっと——」

義経の苦悩も不器用さも弱さもすべてが愛しかった。それはおそらく、あの郷も同じなのだろう。だが、これからは静がそれを独り占めすることになる。自分と義経が今、郷をのけ者にして話しているのは、そういうことだった。

それでいいのだろうか。自分はともかく、義経は本当にそれで——。

最後にもう一度だけ確かめておきたかった。静は一度深呼吸してから、言葉を継いだ。

「判官さまの大事なものは、静めにとりましても、大事なものでございます。判官さまが北の方さまを大事になされればこそ、北の方さまは静にも大事なるお方なのでございます。その北の方さまを……」

捨てるのでございますか――静はまっすぐ義経を見つめた。

義経がどのような答えを出しても、静はそれを受け容れるつもりであった。その覚悟はできている。

「私にはもう、郷を守ってやる力がないのだ……」

それが義経の返事であった。

「おかわいそうに……」

次の瞬間、静は義経を抱き締めた。

「郷のことか」

泣くのをじっとこらえているような義経の声が、くぐもって聞こえた。

「いいえ。あなたさまの御事でございます」

静がそう言った直後、義経の呻(うめ)くような声が耳を打った。義経は静にしがみついてきた。静はさらに包み込むように抱き締める。

（私は北の方さまから憎まれても仕方がない……）

三人で一緒に暮らしていける将来を夢想したそのすぐ後、自分はまったく別の未来をつかもうとしている。

逆の立場であれば、自分の方がたぶん郷を憎んだであろう。

（北の方さま、申し訳ございませぬ）

静は瞼を伏せ、心の中で郷に詫びた。

四

十一月初め、義経の一行はひそやかに都を立ち去った。

一行の中に、女は静一人である。琴柱や葛の葉に打ち明けていれば、二人とも静の供をすると申し出たに違いない。だが、二人は無論のこと、母の磯にも告げず、静は都を脱け出した。

摂津国まで行き、追っ手を何とかかわしつつ、大物浦から船出して西国へ――。

ところが、折からの嵐で船は押し戻されてしまった。西国行きを断念した一行は都を迂回して奈良へ入り、南都北嶺の寺社を頼りつつ身をくらませる。

出立から半月を経て、一行は吉野の雪山の中をさすらっていた。寺社の僧坊から僧坊へ――どの寺院も後白河法皇の意向あってのことか、宿や食事の世話を断りはしなかったが、一つの場所に長く逗留することはできなかった。

すでに鎌倉方の追っ手も、吉野の山中に入り込んでいるという。雪山を渡り歩くつらい道中に、静は弱音を吐かずにこらえた。もとより日々、舞の稽古をしている身であったし、上臈の姫君のようにか弱くはない。だが、旅の途中、かすかにだが、静には新たな気がかりが生まれていた。

(もしや、判官さまのお子が……)

もしも義経にそのことを打ち明ければ、今すぐにでも都へ戻れと言われるだろう。だが、そう想像をめぐらした途端、

静の心は、義経との別離を拒絶していた。

(都に戻るなんてできない)

(何のために、北の方さまを悲しませてまで、判官さまについて来たというのか)

義経は郷を手放さねばならなかったことで苦しんでいる。そして、自分はその苦しみを癒すため、義経からそばにいることを求められた。それを存分に果たさぬまま、義経と離れ離れになるわけにはいかない。

静は足もとを見つめながら、一歩、また一歩、凍えるほどの寒さの中を歩き続けた。ともすれば、うつむきがちになってしまうと、

「静よ」

先を行く義経が足を止めて、静に手を差し出していた。

「大事ないか」

「はい。大事ございません」

静は義経に手を差し伸べつつ、しっかりと答えた。

大事などあるものか。自分は絶対に義経から離れない。それが義経のためであり、裏切った郷への罪滅ぼしでもある。そう思いながら、静は義経に手を引かれ、一歩、さらに一歩と足を進めた。

「そうか」

吉野の山中へ入ってからは、山伏の格好に身をやつしている義経は、静の一途な表情をどこか悲しげな眼差しで見つめながら、そっとうなずいた。

「静、しっかりいたせ。目を覚ますのだ」

うっすらと目を開けると、義経の顔の輪郭がぼんやりと浮かび上がった。

「判官さま……」

返事をして身を起こそうとするのだが、再び襲ってくる睡魔に引きずり込まれそうになる。重い瞼が閉ざされようとした時、頬に鋭い痛みが飛んだ。

「ここで眠ってはならぬ」

痛みにより覚醒した意識の中へ、義経の必死の声が訴えかけてくる。静はようやく目を覚まし、重い頭を左右に振った。

「ここは……？」

「蔵王堂だ。吹雪が激しくなったので、ここに入って嵐が去るのを待っている」

義経の言葉に、静は眠りに落ちる直前のことを思い出した。

昨夜泊まった僧坊を出た昼時は、雪も降っておらず、空も青く澄んでいたはずである。だが、いくらも行かぬうち空は曇り始め、あっという間に雪が降り始めた。しばらく進んではみたものの、静の足取りが危うくなってきたため、人気のない蔵王堂でしばし時を稼ぐことになったのである。

火を焚くこともできず、寒さに震えながら待つうち、ついうとうとしてしまったらしい。

足手まといになってはならぬと思うのだが、疲労の積もった体は重く、強烈な眠気に打ち勝つのはたやすいことではなかった。

その時、義経の右手がそっと静の頬に当てられた。静はじっと義経を見つめ返した。

「もう、よかろう」

義経は静の頬に手を当てたまま、穏やかな声で告げた。

「そなたは、ここから引き返せ」

義経の目の中に迷いの色はない。

都で「供をしてくれるか」と尋ね、郷を置き去りにすることを告げた後、「私を蔑まないでくれるか」と訊いた男の翳はどこにも見られなかった。

義経の決断はもう済んでしまったのだ。今さら、静が泣いてすがろうが、それが変わることはない。いや、泣いてすがるということが自分にはできないことも、静は分かっていた。

だが、子ができたかもしれないと告げることならできる。それを聞けば、義経は今の言葉を撤回するかもしれない。そんな一縷の望みにすがりつきたくなる。

もちろん、それならなおさら帰れと言われるかもしれない。それでも、いつの日か、母子二人必ず呼び戻そうと、義経が約束してくれたなら――。

もう二度と他の女には目を向けないし、寂しく思うこともない。静が常盤御前のようになるのではないかと、恐れることもない。静一人を想い、そのことに心を満たされて生きていこうと、義経が言ってくれるのなら――。

（私はもう二度と、白拍子として舞うことができなくなっても――）

判官さま――静は呼びかけようとした。が、なぜか声が出てこない。

この大事な時になぜ――焦りともどかしさが一気に沸騰し、気を失いそうになった時、

「そなたには歌と舞がある。そうだな」

義経の落ち着いた声が、静の耳に注ぎ込まれた。

「これを――」

義経はかじかんだ手に息を吹きかけてから、錦の袋を帯から抜いて静の前に差し出した。それは、静の舞に合わせて、義経が吹いてくれた蟬折――別名、薄墨の笛であった。

「これは、母が私に持たせてくれたものなのだ」

義経が母について語るのに、これほどまでに穏やかな表情であったことはない。その目にはどこか満ち足りたような色さえ浮かべている。

「おかしいであろう。あれだけ母を恨んでいたというのに、私はこの笛を肌身離さず持ち歩いていたのだ」

静は必死に頭（かぶり）を振った。おかしくなどない。義経のその気持ちは痛いほどによく分かる。

「そなたが持っていてくれ」

義経は錦の袋ごと、静の手に握らせようとした。

「そのように……大切なお品を頂戴するわけには――」

掠れてはいたが、ようやく声が出た。

「そなたに、持っていてほしいのだ」

義経は有無を言わせぬ強い口ぶりで言う。

「私は母のせいで、女をどこか信用できぬものと思うていた。だが、その心の裏では求めてもいた。何があっても私を捨てぬ女、どこまでも私の味方でいてくれる女を――」

目の奥がじわりと熱くなる。錦の袋の、鮮やかな紅色や青色の文様がにわかにぼやけた。

「だから、そなたに感謝している。決して私から離れまいとしてくれたことに――」

静はもう頭を振るのをやめていた。義経が手に載せてくれた錦の袋を、ほとんど感覚のなくなった指に力を込めて、ぎゅっと握り締める。笛の固い感触がわずかに伝わってきた。

「これから、そなたが舞をする時、この笛の音色がそなたを包んでいる。そう想像することが、私の心の慰めになるだろう」

「私がどこで舞っておりましょうとも、判官さまのお噂は届くことでしょう。どうかご無事であるという知らせを、私の耳に届けてくださいませ」

静はそれだけ一気に言った後、思い切って顔を上げた。目は赤くなっているかもしれない。だが、この雪山での睡魔と必死に戦った末のことだと思ってくれるのではないか。

「うむ」

義経は静の目を見て、深くうなずいた。それから、静の頰に添えていた右手がそっと離れていった。

「あっ……」

最後の一瞥に、なおもすがりつくような男の執心を見たと思ったのは、気のせいだったろうか。

引き返せと言いながらも、本心では静について来てほしいのではないか。だが、静がそれを確かめる前に、義経は立ち上がってしまった。静の知らぬうちに、すでに話はついていたのか、義経が立ち上がったのを機に、弁慶をはじめとする従者たちも無言で立ち上がる。

義経は先頭に立って、蔵王堂の戸を引き開け、雪の荒れ狂う外へ足を踏み出していった。

行ってしまう。義経が本当に去っていってしまう。

静は蔵王堂の外へ飛び出した。義経が供にと付けてくれた雑色の男が追いかけてきたが、遠慮があるのか、静を止めようとはしなかった。静は蔵王堂を出て、さらに数歩歩みを進めた。

あなたにはまだ私が入用なのではありませんか――そのことを確かめたかった。口を開くと、鉛の塊のような風が吹き付けてきて、息ができなくなる。目を開けているのも苦しいが、それでも両腕で必死に庇いながら、静は懸命に目を見開いた。

雪の壁に閉ざされて、途切れ途切れにしか見えない義経たちの背中は、徐々に遠のいていく。静は引き返すことができず、なおも前へ前へと歩き出した。

これまで何かにつけ静を庇い、手を貸してくれた武者たちは、義経をはじめ誰も振り返ろうとしない。たとえ静が追ってきても、雑色の男が蔵王堂へ連れ戻すと思っているのか。そんな余裕もないのか。それとも、振り返るなと義経が命じていたのか。

必死になって手を伸ばしたその時、静は足を雪に取られて転んでしまった。その瞬間、不意に胸を突き上げてくる熱い塊があった。

「判官さまー！」

喉から熱い塊が迸り出る。

義経が自分を必要としてくれるかどうか、知りたいのではない。自分が義経を必要としていたのだ。そのことを伝えたかった。伝えねばならなかったのに……。

――本気で舞を捨ててもよいと思える人。

それは、まぎれもなく義経だった。

今ならば分かる。母の口にしていたことの意味も、その思いの丈もすべて理解できた。だが、その想いを義経に伝える術はもうない。一生でただ一度の機会を、自分は失ってしまったのだ。

（私は、舞を捨てても共にいたいと思えるお方を失くした……）

では、芸の道が残ったのか。

義経には気丈な返事をしたものの、義経なくして今さら何の歌舞か、という思いが刃となって静の心を切りつける。進んで芸の道を極めようという欲望は、傷ついた心のどこを探しても、もはや見つけることなどできなかった。もう何をしたいとも思わない。ただ、義経の名だけを声が嗄れるまで呼び続けていたい。

「判官さま……」

白拍子にとって、命の次に大事な喉が嗄れ果てた時、静はその場に崩れ落ちた。

あふれる涙は頬に凍りつくより早く、張りつく雪の欠片を溶かして消えた。

第七章　鶴岡八幡宮の舞

一

吉野山で義経と別れた後、静は北条時政（ほうじょうときまさ）の手勢に発見された。義経が付けてくれた雑色の男は途中ではぐれてしまい、一人になったところを見つけられた時にはもう、逃げる気持ちも残っていなかった。

静は都へ送られたが、そこで初めて母の磯が捕らわれの身となっていたことを知った。

「何ゆえ、母さままで。母さまは判官さまのことなど、何も存じませぬ」

そう訴えたが、時政をはじめ坂東武士たちは、まるで聞く耳を持たなかった。

（義経さまの居所を吐かせるための人質なのだ）

静は唇をきつく嚙み締め、時政を睨み据えた。

「静や」

母は袖を引き、そっと首を横に振ってみせる。坂東武士たちの機嫌を損ねるなというのであろう。

確かに、今の静の生殺与奪の権は坂東武士、ひいては頼朝に握られている。

（されど、私はもう命など惜しくはない）

自分は、舞を捨ててもよいと思える恋を知った。その想い人とこの世で共に生きられないなら、どうして未練がましく、この世にしがみついたりしようか。

それから間もなく十二月を迎え、あっという間に年が変わった。その間、静と母はずっと六波羅（ろくはら）の宿所に留め置かれている。やがて、暦が二月を迎えると、静と母はそろって鎌倉へ護送されることになった。

「母さままで行かねばならないのですか」

静は抗議したが、聞き入れてはもらえなかった。

「静や、私はかまわぬのです。むしろ、お前と引き離されることの方がつらい」

母は静をなだめるように言った。

静と母が鎌倉へ出立する日が、数日後に迫ってきた。

みごもったかもしれないことは、まだ誰にも話していなかった。坂東武士たちに知られるわけにいかないので医師（くすし）にもかからず、母にも告げてはいない。ただ、母が時折向ける気遣わしげな眼差しは、もしかしたら気づいているのかもしれなかった。

その頃、六波羅の宿所へ、思いがけぬ客人がやって来た。その客と鎌倉方の武士たちの揉める声が、中にいる静の耳にも聞こえてきた。

「これ以上は通しませぬぞ」

苦々しげに発せられた太い声は、聞き覚えのある北条時政のものに違いなかった。時政が出張ってこなければならないほど厄介な相手とは、いったい誰なのか。

「私は法皇さまの近臣で、中納言の官職にありし者ぞ。おぬしごときに道を阻まれる謂れはない」

昂った客人の声——それは、忘れるはずもない桜町中納言成範のものであった。

一瞬、静の頭の中は真っ白になった。もう会うこともないと言っていた成範が、戸のすぐ向こうにいる。

舞とは何かを静に教え、芸の道の指標であり続けた人。かつて母の舞に惚れ込んだ人であり、母が女として思慕したかもしれぬ人。

傍らの母を見ると、その顔はすっかり蒼ざめていた。そうこうするうち、妻戸が開けられ、桜襲の直衣を着た成範が現れた。

「中納言さま」

母娘同時に声を上げる。

「うむ」

成範は戸を閉めると、二人に向かってうなずいた。北条時政の了解はおそらく得ていないのだろう。だが、前(さきの)中納言という身分の男に対し、時政は何もできなかったようだ。

成範は声高に言い争っていたのも忘れたように、穏やかな表情と物腰で、二人の前に座った。表が白、裏が紅という桜襲は成範のお気に入りである。

（外はもう、桜の季節――）

静は成範の華やいだ姿に、そのことを知った。ふと、白雪の降り積もった吉野の厳しい冬を思い出した。

（あの冬は……もう遠い）

いつも春の気配を纏っているような成範を前にすると、どうしてか、義経が年がら年中、厳しい冬の寒さの中で生きているように錯覚してしまう。荒れ狂う吹雪の中、遠ざかっていった義経の寒々しい後ろ姿を、静は瞼の裏に閉じ込めるように目を伏せた。

「私どもは、判官殿の身内として捕らわれているのです。このようなことをすれば、御身も危うくなられましょうに……」

磯が成範の身を案じつつ、小声でささやくように言う。実際、義経が都を去ってから、数人の公家が義経への同心を疑われたが、成範もその中に入っていたらしい。

「なに、法皇さまはお胸の内では判官殿にお味方なさっている。院近臣(いんのきんしん)とて皆、同じ。隠しているわけでもないから、気に病むこともない。それよりも――」

成範はそこで言いさすと、静をじっと見つめ、それから磯を見た。

「二人は鎌倉へ送られると聞いた。その前に……な」

ただ二人に会うためだけにここへ来てくれたのだ。その成範の思いが身に沁みた。

「会うのはもはやこれが最後となろう。静よ、そなたが判官殿を想う気持ちは分かっているつもりだ。だが、それでも、私はそなたに舞を捨てないでほしいと思っている」

成範は少し自嘲気味に苦笑すると、「いや、これは私の身勝手な言い草だな」と呟いてから、慎重に言葉を選ぶように先を続けた。

「だが、こうも思うのだ。舞はこれからつらい道を行くそなたにとって、支えになるのではないかと」

「中納言さま……」

「かつて私は、芸とは清らかなるものと思っていた。そこに、恋だの情けだの、要らぬものが入るのをよしとしなかった。だが、今は違う。そなたが判官殿と吉野をさすらい、捕らわれたと聞いた時、そなたと磯が鎌倉へ送られると聞いた時、私は……」

成範の言葉は続かなかった。静も成範の望みに対して、返事をすることができなかった。自分の考えをまとめるより先に、突然、妻戸が外から無作法にも引き開けられ、北条時政が顔をのぞかせたのだ。

「これ以上は見過ごせませぬぞ」

時政はそう言って、成範に出ていくよう促した。成範もそれ以上逆らおうとはせず、

「北条殿」

と、静たちと対話していた時とは打って変わったような冷たい声で言った。

「この静は、法皇さまより直々に『日の本一の白拍子』とのお言葉を賜った者でございますぞ。万一にも、身を危うくするようなことがあれば、法皇さまも我々院近臣も、断固として鎌倉殿に抗議いたす。このこと、しかと胸に刻みおかれよ」

威厳のある口ぶりでそう言い切ると、成範は優雅なしぐさで立ち上がった。その瞬間、ふわっと香（こう）がにおい立った。春の「梅香（うめがか）」だが、成範が作る練り香には相変わらず伽羅が用いられているらしく、その典雅で気品のある香りは独特のものである。

今日は成範が立ち上がるまで、この香りに気づかなかったことが不思議だった。同時に、その懐かしい香（か）に心が慰められた。成範は衣擦れの音も高く、去っていった。その後ろ姿を目で追いながら、

（桜町中納言さまは、このことをおっしゃるために、今日ここへ来てくださったのではないのかしら）

と、静は考えをめぐらしていた。

静たちが鎌倉で危うい目に遭わぬよう、北条時政を戒めるために——。後白河法皇の名を出せば、頼朝とてめったなことはできなくなる。その心遣いを思えば、自分は成範に守られていると思うことができた。

（お父さま……）

そうと認めてもらったわけでもなく、そもそも母でさえそれを認めてはいない。だが、そうであればよいと、静はこの時初めてそう思った。

（舞が、支えになる）

成範の言葉が胸に迫った。義経と別れて以来、舞のことが頭の中を占めたのも初めてのことであった。

それから三日の後、静と磯は坂東武士たちに守られて、京を発った。その頃はまだ体形も変わっていなかったので、静がみごもったと思う者はいなかったようだ。

ただ、ひと月ほどの旅の途上、幾度か具合が悪くなり、歩みを止めてもらうことは避けられなかった。不審を抱く者はいたかもしれないが、それでも静は医師を呼ぶことだけは何とか拒み通した。

鎌倉に到着したのは、文治(ぶんじ)二（一一八六）年三月一日のこと。春も終わりかけた晴天の日、空は疎ましいくらいに青く澄み切っていた。

静と磯は頼朝の側近である足立清常(あだちきよつね)に預けられることになった。その館に数日留め置かれた後、三月六日、静は鎌倉御所へ連行された。

この時、静は頼朝と対面した。正面に座しているだけで、直に言葉がかけられること

はなかったが、

（このお方が、判官さまを苦しめた兄君）

静は頼朝をしかと見据えた。母が異なるせいか、義経とそれほど似てはいない。どっしりと座す姿には貫禄があるし、色白の顔立ちは気品も備えている。なるほど武家の棟梁とはこういうものかと思わせる威厳があった。

「判官はどこにいるのか」

静を鎌倉へ護送した北条時政が、重々しい声で、静に問いただした。

「存じませぬ」

静は落ち着いた声で言い、昂然と顔を上げた。頼朝をはじめ御家人たちに臆する気配など見せてはならない。

「知らぬことはあるまい。そなたは吉野山で判官と共にいた」

「ですから、吉野山でお別れした後のことは存じませぬ。吉野山へ至るまでのことならば、いくらでもお話ししましょう。ここで、いま一度、くり返しますか」

静が言い返すと、時政は苦虫を嚙みつぶしたような表情になる。

「いや、問われたことにだけ答えればよい」

時政はそう告げた後、頼朝の顔色をうかがうように目を転じた。頼朝からの指示はないので、尋問はこれで終わるようである。下がれと言われる前に、

「私からも、お尋ねしたいことがございます」

静は自ら口を開いた。

「判官さまの北の方さまは、鎌倉へお戻りなのでしょうか」

静の問いかけに、時政をはじめ、並み居る御家人衆が顔色を変えた。

その中で、頼朝だけが顔色一つ変えなかったのは、さすがであった。尋問の場で、罪人側から問いかけるなど異例のことであろう。だが、それにしても、御家人衆の驚きぶりがいささか異様であった。

(北の方さまに何かあったのだろうか)

義経から置き去りにされた郷は、どれほど心細い思いをしたことか。静を恨みもしたことだろう。

どれほど罵られても言い訳の言葉もない。それでも、同じ鎌倉にいるのならば、せめて謝りたかった。

「判官の北の方は罪人の娘。その消息を二度と問うてはならぬ」

ややあってから、時政が乾いた声で静に告げた。

「えっ」

聞き違えたのか、と初めは思った。罪人の妻ではなくて、罪人の娘とは――。

郷の実家の河越家が罪人扱いされているということか。そうであるなら、その罪とは義経に絡んでのことなのだろうか。義経が郷を置き去りにしたのは、郷の身を守ろうとしてのことであったというのに——。

「もうよい。下がれ」

頼朝のものだったか、時政のものだったか、不機嫌そうな声が遠くから聞こえた。世話役の足立清常からも促されたが、心は郷と河越家のことにとらわれたままであった。足に力を入れて立ち上がろうとした瞬間、心と体がばらりと砕けた。

「静殿！」

足立清常の驚いた声が遠いところから聞こえてくる。静はそのまま意識を失ってしまった。

鎌倉御所から足立の館へ帰り着くなり、静は医師の診察を受けた。

「懐妊しておられます」

医師の言葉に、母は「やはり」とすぐに呟いた。子が生まれるのは半年ほど先、閏七月の終わりから八月の初めくらいのことだという。

母が自らの鎌倉護送に何の異も唱えなかったのは、やはりそのことを懸念していたのだと、静は理解した。

静がみごもったことは頼朝側にも伝わり、尋問はもう行われなくなった。その代わり

というわけでもなかろうが、

「鶴岡八幡宮の神前で、舞を奉納してもらいたい」

という申し出が伝えられた。着帯もまだの目立たぬ腹であれば、障りもあるまいということらしい。宴席で舞えというなら話は別だが、神前に奉納する舞を断るのは難しかった。とはいえ、頼朝や坂東武士たちのために舞うことは静の本意ではない。その静を母は説得した。

「そなたが舞を奉納すれば、それが判官さまのためになるやもしれぬ」

そのくらいで義経への気持ちを和らげるほど、頼朝は甘くはあるまい。なおもうなずこうとはしない静に、

「そなたは法皇さまより『日の本一の白拍子』と言われた身でありましょう」

と、母は告げた。その言葉は静の心に響いた。

「分かりました。鶴岡八幡宮にて舞を奉納いたしましょう」

静は表情を引き締めて承諾した。

二

神前奉納の当日、四月八日は夏日を思わせる暑さであった。とはいえ、夕べの風は夏

の薄物では肌寒さを覚えさせる。日の本一の白拍子、静が舞うというので、鶴岡八幡宮の桟敷には見物人があふれ返っていた。

ややあって、頼朝と北条政子夫妻が御簾の向こうに着座すると、ざわめきも消え、若宮回廊一帯は厳粛な雰囲気に包まれた。続けて、笙、銅拍子、篳篥、横笛などの楽人たちが、所定の位置に座を占める。静は最後に舞台へと進み出た。

この日の装束は、水干も袴も清楚な純白――。神前奉納に合わせたものだ。

（そういえば、判官さまに初めてお会いしたのも、住吉大社へ舞を奉納した時だった）

あれから、まだ二年ほどしか経っていないというのに、何十年という時が過ぎ去ったかのように感じられる。

あまりの懐かしさに心がとらわれかけたその時、銅拍子が高らかに鳴り響いた。現実に引き戻され、銅拍子の楽人にふと目を向けると、知る顔があった。

（畠山さま）

最後に会ったのは、郷が義経の館へ迎えられた日の夕暮れであった。様子が気になって落ち着かず、静が六条堀河館へ足を向けてしまった時のことだ。

重忠もまた、静と同じく、じっとしていられなかったふうに見えた。だから、静は重忠の心の在処が分かってしまったのだ。重忠は義経の妻となる郷に想いを寄せているのだろう、と。

（あの方と、こんな所で、こんなふうに、お会いすることになろうとは――）

あの日、ひどく憔悴して見えた重忠は、今、凛々しく立派な姿で銅拍子を打っている。

（あの方に見苦しい姿は見せたくない）

そして、郷に対しても――。郷が今どうしているのかは知らないが、この日の舞について聞くことがあるかもしれない。義経も耳にするかもしれない。

（判官さま、北の方さま。あなた方のお耳に届く静は、いつも恥ずかしくない姿でありとうございます）

静は重忠から目をそらし、耳を澄ませた。

やがて、銅拍子に合わせて、横笛の音が流れ始める。篳篥と笙がそれに加わった。黄金の扇を音も立てずに広げると、静はゆっくり舞い始めた。

緩やかに始まった音色は徐々に速さを増していく。それに合わせて、静は舞う。羽衣をまとった天女のごとく、より軽やかに、より美しく。

調べが高揚してきたところで、曲調は急に変わった。その直後、

「よしのやま……」

静は歌い出した。

よしのやま峰の白雪踏み分けて　入りにし人の跡ぞ恋しき

——吉野山の白雪を踏み分けて、遠ざかっていったあの方の背中が恋しい。

切ない想いを乗せて、潤いのある歌声を響かせる。静はさらに歌い続けた。


しづやしづしづのをだまきくりかへし　昔を今になすよしもがな

——あの方が都におられた頃——あの昔の時を、今ここに呼び戻すことができるのならば……。

義経の笛に合わせて舞った夜々のことが鮮やかによみがえった。

傷つきやすく、人の情けを求める人であった。弱いところもあった。それでも耐えようとする強さも備えていた。我慢強く、他人を思いやる人でもあった。

そんな義経を、どうして皆して追い詰めるのか。

(あの方は、何一つ悪いことなどしていないというのに)

自分もそうだ。自分もただ、義経という男に恋をしただけだ。ありふれた並の恋ではなく、この世でただ一つのまことの恋を——。

その想いを身に纏って、静は舞った。生々しい女の想いをのせた舞と言われてもいい。

神前で舞うのにふさわしくないと言われてもいい。それでも、この想いは誰にも恥じることのない厳粛なものだと、神の前で誓うことができる。

人々はただ息を詰めて、静の舞に見入っていた。

誰も静の舞を止めようとせず、非難の声はおろか、咳一つ聞こえない。ただ誰もが、静の作り出す世界に引き込まれていた。

やがて、静の舞が終わった。後奏の横笛がしばらく続いた後、名残惜しげに消えた。

静は扇を収めると、その場に膝をつき、御簾に向かって頭を下げた。いかなる裁きが下されようともかまわない、いや、そのようなことはもうどうでもいい。

(判官さま)

静は胸の中でそっと想い人に呼びかける。

(静は今宵、神に捧げるのでもなく、観客に見せるのでもなく、ただあなたさまのためだけに舞いました)

かつて、義経一人を観客として舞った時とは違う。義経のためだけに舞う舞を、今は他の客にも見せた。それは、舞と呼べるのか。人の鑑賞に耐え得るものなのか。そして、

(今の私は、白拍子と言えるのだろうか)

もしかしたら、母も同じ問いかけを、かつて抱いたのではないだろうか。そして、母は「否」という答えを出した。

（ならば、私は……？）

静が自分一人の思いに沈んでいた時、御簾の内はしんと静まり返っていた。

本来ならば、舞が終われば、舞人に褒美の品が下げ渡されるしきたりである。だが、静は神前奉納にふさわしくない舞を舞った。無礼者と咎められ引っ立てられても仕方がない。

頼朝の沈黙は長かった。桟敷の緊張が耐え切れないほどに高まった時、御簾の奥に動きがあった。御家人が慌ただしく御簾の近くへ呼び寄せられ、奥からはお決まりの褒美の品が差し出された。卯（う）の花襲（はながさね）の装束であった。

「おお――」

桟敷の人々の口から、ようやく安堵の吐息が漏れる。

静は思い出したように我に返ると、作法通り装束を押しいただいて、舞台を下がった。褒美の品はさほどの感動も呼び起こさなかった。ただ、静の心は湧き上がった一つの問いに占められていた。

自分はこのまま白拍子として舞い続けてよいのだろうか――答えは容易には見つかりそうになかった。

三

静が鶴岡八幡宮で舞ってから半月もすると、鎌倉は梅雨に入った。

雨と雨の間に時折晴れ間がのぞく――そんな五月半ばの十四日、静の宿所に数人の男たちが押しかけてきた。

二十代から四十代ほどの御家人五人。彼らは、工藤祐経、梶原景茂、千葉常秀、八田知重、藤原邦通と名乗った。

「こちらで宴を催させてもらいたい」

男たちは玄関口に静を呼び出すなり、そう告げた。

「何ゆえ、こちらで宴席を」

静と共に応対に出た母の磯が、静よりも先に尋ねる。

「こちらには、日の本一と名高い白拍子の静御前がおられるのですからな」

まだ二十歳前後と見える梶原景茂が、鼻をうごめかせながら答えた。

梶原という名は、静にも聞き覚えがあった。梶原景時という頼朝の側近が、平家討伐の陣中で義経と対立したという。この景茂と名乗る若者は、その息子か親族であろう。

「御所さまより褒美を賜った白拍子を、我らのもとへ呼び寄せるのも気が引ける。ゆえに、こちらから出向いたのじゃ。酒など用意してくれい。払いは弾むゆえ」

梶原景茂は勝手なことを言い続ける。いきなりやって来て、その言い草は何か、と思わず言い返しそうになる静の袖を、母がそっと引いた。

「では、母屋へどうぞ。静めの舞はともかく、遊女などをお呼びいたしますか」

母が男たちの機嫌を取り結ぶように、柔らかな口調で尋ねた。

「いや、酒だけがあればよい。ここにかような美女がおるのだ。この辺りの女子なぞ、色褪(いろあ)せてしもうて面白うないわ。のう、皆さま方、さようではござらぬか」

梶原景茂が言い、残る四人がどっと笑った。それで調子に乗ったのか、景茂はさっさと屋内へ上がり込むと、

「さ、参ろうか」

と、座っていた静の手首を気安くつかんだ。

「何をなさるのですか」

静は気色ばんで言い、景茂の手を振り払った。景茂も他の四人も鼻白んだような表情になる。

(たかが白拍子が、何をお高く留まっているのか)

男たちの目はそう言っていた。

静自身も声を荒らげた自分に驚いていた。遊女でこそないものの、宴席の男たちから

誘われるのには慣れていた自分である。その願いをやんわりと斥け、身をかわす術も身につけていた。

それがどうしてしまったのか。まるで初心な小娘のように、客の手を振り払ってしまうとは——。

(私は遊女ではない。白拍子の舞は舞っても、遊女ではないのだ)

胸の奥で叫び立てる声があった。

(違う。私はもう白拍子でさえない。もはや判官さま以外の男の前では舞いたくないのだもの)

静はこの時初めて、そのことに気づいた。

「さあ、皆さま。どうぞ奥へお進みください」

母がその場を執り成すように言い、まず男たちを案内した。

男たちは母についていったが、静は座ったまま玄関先から動くことができなかった。

「静や」

ややあって、母だけが戻ってきた。

「お前はこの体ゆえ、舞うのは無理だと言えば納得してくださろう。酒のにおいも嫌かもしれぬが、お前に会いに来たという方々を無視するわけにもいきますまい。すぐに下がってよいから、一度は顔をお出しなさい」

「でも、母さま」

それだけ言うなり、静は胸が詰まってしまった。母は静の目をのぞき込み、分かっているというふうに大きくうなずいてみせる。

「今は何も考えなくてよい。さあ、私と共に参りましょう」

静が立ち上がるのに、母は手を貸してくれた。鶴岡八幡宮で舞った頃は目立たなかった腹も、あの頃より膨らんでいる。半月ほど前、初めての腹帯を母が結んでくれた。その腹帯の上にそっと手を当てると、気持ちが落ち着き、体が動き出す。静は母に手を引かれ、母屋へ向かった。

二人が行くと、すでに侍女たちが酒の支度を調え、琴や笛なども用意されていた。この侍女たちは、静と磯の世話をするために付けられたもので、見張りの役も兼ねているのだろう。

男たちは三人と二人に分かれて、交互に向き合い、折敷を前に座っていた。侍女たちに酌をさせ、すでに酒を飲み始めている。

「これは行き届きませぬことで」

磯が慌てて言い、たまたま侍女の付いていなかった工藤祐経の傍らへ寄ると、酌を始めた。だが、酌をする気になれなかった静は、妻戸に近い端の方にひっそりと座った。

「静御前に酌をしてもらうのは、なかなか難しいことのようだな」

磯に酌をしてもらった工藤祐経が、軽口を叩くように言った。

「いやいや、静御前ほどの舞の名手は気安く酌などせぬのであろう。されば、これからその舞を見せていただけるのであろうな」

梶原景茂が杯を片手に言う。

「それはできませぬ」

静はぴしゃりと言った。

「何だと」

梶原景茂の表情ががらりと変わる。その時、磯が間に割って入った。

「皆さま。静めは鶴岡八幡宮で舞を奉納した身。その舞を、宴席で気安くお見せしては罰当たりでございましょう。決して驕るわけではございませぬが、皆さまの今日のお運びは、鎌倉殿のお許しあってのことではございますまい」

穏やかな口ぶりでありながら、磯の声には有無を言わさぬ威厳があった。

「……うむ。まあ、な」

男たちの表情が変わる。頼朝の名を出されると、さすがにごり押しはできないようだ。

「とはいえ、皆さまに無駄足を踏ませたと言わせるわけにもまいりませぬ。齢は重ねましたが、『白拍子の祖』と言われたこの磯禅師。決して娘に引けは取りませぬゆえ、よろしければ舞って御覧に入れましょう」

磯がそう言って立ち上がると、男たちの口から、おおっという驚きの声が上がった。

すらりと立ち、扇を手にした磯はまるで別人である。男たちはすっかり毒気を抜かれた様子で、嫋々たる磯の立ち姿に見惚れていた。それは、静も同じであった。

遠い昔、舞を捨てた母が、今ここで舞うというのか。静の身代わりとなって――。

静は固唾を飲んで、母の姿を見つめた。扇を持った磯の右手がすっと肩の高さまで上がる。左手を添えて、扇を開くと、磯は歌いながら舞い始めた。

「いにしへの――」

静は瞠目(どうもく)した。それは、静が鶴岡八幡宮で歌った和歌の本歌であった。静が一部を作り変えて歌った和歌を、母は元に戻して歌っている。

いにしへのしづのをだまきくりかへし　昔を今になすよしもがな

み吉野の山の白雪踏み分けて　入りにし人のおとづれもせぬ

初めて見る母の舞姿――。

優美で大らか、ありとあらゆるものを包み込んでくれそうなたおやかさ。それが、磯の舞であった。見る人を優しい気持ちにさせてくれる。

歌声もまた優しげで情緒にあふれていた。二十年以上、歌舞から離れていたとは少しも思わせぬ滑らかな歌いぶりであり、舞いぶりであった。

やがて、磯は二首の歌を二回ずつ歌い、舞い終えた。

「これは見事だ」

梶原景茂の口から、感動に震える声が漏れ、他の者たちもやんやと喝采を浴びせた。

「さすがは、白拍子の祖と言われるだけのことはある。いやあ、今日はよいものを見せていただいた」

五人の中でも年長の方で、四十代と見える藤原邦通が感心した様子で言った。京からやって来たというこの邦通だけは武士ではなく文官である。

それだけに、磯の舞に感銘を受けた様子で、酌を受けてほしいと、磯を招き寄せた。

磯が藤原邦通の隣に座った後、梶原景茂が杯と酒壺を手に、静の傍らへやって来た。まだ若い景茂は、この男たちの中でも特に落ち着きがなく見える。

「静殿、そなたも飲むがよい」

少し酔いが回った様子で、景茂は静の前に座り込んだ。

「いいえ、私はけっこうでございます」

「ああ、懐妊中であったな」

景茂の眼差しが静の腹の辺りへ注がれる。静は思わず羽織っていた袿で腹を隠した。

景茂はそれ以上酒を強いることはなかったが、

「ならば、せめて一度くらい酌をしてくれい。舞もせぬ、歌も歌わぬでは、ここまで来た甲斐がないというもの」

と、静に迫った。静もさすがにこれは断り切れぬと思った。黙って酒壺を受け取り、差し出された景茂の杯に酌をする。景茂は満足そうにそれを一気に飲み干した。それから、濁った酔眼を静に向けた。

「のう、静殿。わしはそなたに惚れた。どうか、わしの想いを受け容れてはくれまいか。さすれば、鎌倉にそなたの暮らす家を用意する。生まれてくる子も女子であれば、わしが面倒を見よう。どうじゃ」

景茂は言うなり、静の手を握った。

静は先ほどのように景茂の手を振り払おうとした。が、今度は簡単には振り払えなかった。同じ轍を踏まぬよう、景茂は初めから手に力を入れていたようだ。

「お放しください」

静は鋭く景茂を睨み据えて言った。

「そうすげなくせずともよいではないか。判官殿だけが男でもあるまい」

景茂が言うなり、静の手を強く引いた。

「何をなさるのですか」

静は景茂を突き飛ばして、声高に叫んでいた。

「判官さまは鎌倉殿の弟君で、私は判官さまの妾(つま)でございます！」

静の激しい物言いに、景茂があっけに取られた顔をしている。

「あなたさまは鎌倉殿の家人ではありませぬか。世が世なら、あなたさまなどこうして私に対面できなかったはず。まして、かような振る舞いなどもってのほかでございましょう」

「やめぬか」

二人の間に割って入ったのは、工藤祐経だった。祐経も藤原邦通と同じく四十は超えていると見える。若い梶原景茂の行動を苦々しく思っているらしい。

「我らは酒を飲みに参っただけであろう。まして静殿はご懐妊中だ。軽々しい真似をして御所さまのお耳に入れば、貴殿の父上の名に傷がつくぞ」

工藤祐経にたしなめられて、景茂はちっと舌打ちをした。それから、

「それほどに判官殿がよいというのか。河越の娘といい静といい、まったく」

と、吐き捨てるように言った。

「河越の……？」

景茂の呟きを聞き、静は顔色を変えた。

「河越の……北の方さまは、どうなったのでございますか」

景茂と工藤祐経の顔を交互に見やりながら問う。郷が今どうしているのか、鎌倉にいるうちに聞き出さねばならないところだが、これまで思うに任せなかった。工藤祐経は苦々しげな表情で口をつぐんだが、景茂は酔って分別がなくなったのか、

「行方知れずだそうだ。おおかた判官殿の後を追ったのであろう」

と、あっさり口を割った。

「北の方さまが行方知れず……」

それでは、郷は鎌倉へ戻らなかったというのか。義経はその無事だけを願って、郷を都へ捨てていったというのに――。それに、郷のもとにいた葛の葉はどうなったのだろう。不安に息が苦しくなる。

「あの娘のせいで、秩父（ちちぶ）平氏本流の河越家は罪人扱い。河越殿は殺され、今じゃ畠山殿が秩父平氏の本流だ。ま、あやつもうまくやったものよ。間もなく北条殿の娘御を嫁に迎え、御所さまの縁戚になろうというのだからな」

やっかみ混じりに景茂が口を滑らした言葉に、静は動転した。

河越、畠山、北条――聞き覚えのある言葉が、耳の奥で鳴り響いている。

「殺された、河越殿が――？」

河越殿とは郷の父であろう。そして、あの郷を慕っていた畠山重忠が、その河越家の権益を受け継いだというのか。

れていたのだ。

——判官の北の方は罪人の娘。その消息を二度と問うてはならぬ。

かつて北条時政が口にした言葉が、暗い闇の底からよみがえってきた。

あの時すでに、郷の父は殺されていたのかもしれない。だから、郷は罪人の娘と言われていたのだ。

だが、河越家に何の咎があるというのだろう。郷にどんな罪が——。そもそも、郷を義経に縁付かせたのは、頼朝自身であろうに……。

「今日はもう、これでお引き取りくださいませ」

その時、磯が丁重な物言いで、だが、きっぱりと言った。

「うむ、そうしよう。今日は世話になった」

藤原邦通が即座に言い、未練も見せずに立ち上がった。

「さようだな。帰るとしよう」

工藤祐経も続けて言う。年配の二人が言うと、他の若者たちも逆らえなかった様子で、最後には皆、立ち上がった。

「お見送りいたします」

磯が言い、彼らの後について母屋を出ていったが、静はその場から動けなかった。

（お気の毒な北の方さま）

郷には、京へ置き去りにしたという申し訳なさが常にある。それでも、そうすることで郷自身が救われるのだと、自分で自分の心を慰めていたが……。

（判官さまと私のしたことは、ただあの北の方さまを苦しめる行いでしかなかったのだ）

　やがて、男たちを送り出した母が戻ってきた。その表情はさすがに疲れていた。母一人に気をつかわせてすまないと思う一方、今日の男たちの振る舞いには許しがたいものがある。それを強く咎めるでもなく、やんわりとかわして事を済ませた母の態度も受け容れがたい。郷とその実家の不幸を耳にした後はなおさらだった。

「母さまはどうして舞など舞ったのですか。あの方々の機嫌を損ねたところで、私はちっともかまいませんのに」

　静はやりきれない思いを母にぶつけた。

「大体、母さまは恋しいお方以外の殿方の前では、二度と舞いたくないとおっしゃっていたではありませんか」

　母はそれでも怒りや失望の色は見せなかった。ただ、寂しげな表情を浮かべ、静の横にそっと座り込む。

「何を言うの。娘や孫のために、我を捨てられぬ親などいるはずもないものを」

　母は静の手を取ると、包み込むようにしながら「静や」と呼びかけてきた。

「女の子が生まれるよう、共に祈りましょう」

母の手に力がこもる。その手は温かかった。

「お前によく似た女の子がよい。その子を、私とお前の二人で育てましょう」

母の顔を見ているうちに、静は自分が郷の話にこうも動じてしまった理由をはっきりと悟った。郷が義経と別れなかったせいで、郷の父は殺された。頼朝は義経の縁者を許さない。女ならば命は助けてもらえようが、男は殺される。

静が義経の息子を産めば、間違いなく殺されてしまうだろう。女として生まれるより他に、義経の子が助かる道はない。

静は母と二人で、女の子を育てる未来を夢想した。娘はいつか、白拍子になると言い出すかもしれない。いつの日か、恋い慕う男のために舞を捨てると言い出すかもしれない。娘の歩む道がどんなものであれ、自分はそれを受け容れ、見守ってやろう。

そして気づいた。母もまた、自分をそうやって見守ってくれていたのだ、と——。

(私は舞を捨てた母さまを許せなかった。中納言さまから愛でられた母さまの才を、妬み嫉(そね)んでいた。危うい立場の人をお慕いし、その人のために、母さまをいったんは捨てようとした……)

そんな身勝手な娘の生き方に、母は一度たりとも非難の言葉を向けなかった。

「母さま」

静が口を動かすより先に、静の手は母に導かれるまま、そっとその腹部に当てられていた。

（どうか、女の子として生まれてきて）

母と共に祈りを捧げ、生まれてくる我が子に語りかける。

私は母にとってよい娘ではなかった。わがままで生意気なことも口にした。でも、母はそれを許してくれた。だから、今度は私があなたのわがままを、母親として受け止めよう。

どんなわがままを言ってくれてもいい。どんなに尖った言葉をぶつけてくれてもいい。白拍子になりたいと言っても、白拍子になんかなりたくないと言っても、すべて受け止めるから――。

だから、あなたはどうか私の娘として生まれてきてください――静は心の底からそう願った。

第八章　愛別離苦

一

　静と磯の宿所として宛てがわれた足立家での暮らしは、その後もつつがなく続けられた。鶴岡八幡宮の奉納舞で銅拍子を打った畠山重忠は、あれからたまに静を訪ねてくる。

「入用なものがあれば、遠慮なくおっしゃってください」

などと、言ってくれることもあった。そこで、静は先日の御家人たちとのやり取りを重忠に話した。

「そのことは私も耳にいたしました。いくら何でも礼儀知らずだと御所内でも非難されていましたから、あのようなことはもうないと思いますが」

　重忠は恐縮した様子で言う。

「はい。あの後、梶原殿から詫び状を頂戴しました。それはよいのですが、その後も何かにつけてお文をよこされ、昨日は鉢植えの牡丹を三鉢も」

　静はちょうどそこから見える庭先を示した。

「はあ。美しい紅牡丹ですな」

「足立殿を通してお返ししようと思ったのですが、畠山さまからお返し願えないでしょうか。このようなことはもうやめにしていただきたい、ときっぱりお伝えいただけるとありがたいのですが」

「分かりました。私から梶原殿に伝えましょう」

重忠はしかと請け合った後、

「それはともかく、牡丹の華やかさは静殿にお似合いです」

と、静の気持ちを和らげようとしてか、そんなことを付け加えた。静はもう一度、庭の牡丹に目を向ける。確かに、牡丹の花の華麗な佇まいには誰もが惹きつけられるだろう。だが、今の自分の心地とはあまりにほど遠い——静はそう思わざるを得なかった。

「そうでしょうか。私はあまり好きではありませんが」

そっけなく応じる静に、

「では、静殿はどのような花がお好きなのですか」

重忠は他意のない様子で訊き返してきた。その時、静の眼裏には、闇に舞う白い花びらが浮かんでいた。

「やはり、都でもてはやされた桜は忘れがたいものですが……」

すでに夏を迎えた今、ここで桜を見ることは叶わない。そう思った時、ふと別の花が脳裡に浮かんだ。

「そういえば、白拍子の花と言われる草花があるのですけれど」

「ほう。白拍子の花ですか。聞いたことはありませんが」

重忠は興味を惹かれた様子を見せた。

「私たちは笏拍子と呼んでおりました。茎がこう二本に分かれていて、笏拍子のように見えるものですから」

静は手の指で、その形を示しながら、春の終わりから夏の初め頃、白い花をつけるのだと語った。

「母も私も目に馴染んだ花ですから、やはり愛おしくて」

「白拍子の花とあれば、まさに静殿の花と言わねばなりますまい」

「野山に生えている地味な花なのです。鎌倉は山が近いですし、ちょうど今が花の季節なので、明け暮れに眺めることができたらと……」

「分かりました」

静に最後まで言わせず、重忠は言った。

「人にも聞いて、ぜひその草花を見つけ出し、こちらへお届けいたしましょう」

その日、重忠は梶原景茂がよこした牡丹の鉢を、従者と共にすべて持ち帰ってくれた。

その後は重忠がはっきりと伝えてくれたせいか、景茂が便りをよこすことはなくなった。

また、翌々日にはさっそく、どこからか笏拍子の花を見つけ、送り届けてくれた。

「まあ、懐かしいこと」

母は顔を綻ばせた。小さな白い花をつけた茎が二本、ぴんと天へ向けて立っている。庭へ植えてもよいと言われたので、母はさっそく京にいた頃のように笏拍子の花を世話し始めた。

やがて梅雨が明けても、笏拍子はまだ花をつけ続けている。ちょうどその頃、静のもとに一人の客が訪れた。脱いだ市女笠（いちめがさ）を手にした旅姿の相手を見るなり、

「琴柱！」

と、静は喜びの声を上げた。

「静姉さん、ご無事でよかった」

琴柱も声を震わせ、静の目の前に膝を寄せて座り込む。

「ご懐妊なさったのですね。鶴岡八幡宮で舞を舞ったという話と一緒に、風の便りに聞いてはいたのですが」

静の膨らんだ腹とその上の腹帯をじっと見つめ、琴柱は感慨深い様子で言った。

「お前も変わりなくてよかったわ」

静は涙ぐむ琴柱の手をそっと握り締めた。

「でも、都からここまではどうやって。女が一人で来られるようなところではないでし

ように……」

「猿丸さんのことを覚えていますか」

琴柱の口から懐かしい名が漏れた。静たちが都を去って間もなく、猿丸の一座が現れたそうだ。琴柱は東海道を下るという傀儡の一座に加えてもらい、一緒に旅をしてきたのだった。猿丸が鎌倉にいるのなら会いたいと思ったが、鎌倉に入ったところで一座とは別れたという。

「磯禅師さまや静姉さんに会っていかないのかとお尋ねしたんですけれど、気が向いたらとか何とか言って、風のようにどこかへ――」

猿丸らしいと言えば、猿丸らしいあっけなさであった。そんなことを言い合ってから、静と琴柱は改めて互いの姿をじっと見つめた。

「遅くなってしまってごめんなさい、静姉さん。本当はもっと早くに伺わなくちゃいけなかったのに」

そんなふうに謝る必要はないと言っても、琴柱は申し訳なさそうにしている。

「静姉さんが鎌倉へ連行された後、すぐにも追いかけようと思ったのです。ただ、思わぬことに出くわして」

「思わぬこととは……」

総角の一座に何かあったのだろうかと、静も急に不安になった。

「葛の葉が訪ねてきたんです」

「まあ、葛の葉が……」

葛の葉が無事でいたと聞き、静はほっとした。つい先日、郷の行方が知れぬこと、その実家の河越家が処罰されたと聞かされたばかりである。葛の葉が無事でいたのなら、郷も無事でいるかもしれない。

「葛の葉は北の方さまのことを何か言っていませんでしたか」

つい身を乗り出すようにして問うと、

「あの子は、北の方さまのお供をして、一度都を出たのだそうです」

と、琴柱は答えた。

「……そうでしたか」

侍女が主人に従うのは当たり前だが、葛の葉は郷を嫌っていただけに、少し意外な気もする。

「あの子ったら、あれだけ北の方さまの悪口を言っておきながら、おかしいですよね」

そう言った時、琴柱の顔がなぜか、泣き笑いのようにくしゃっとゆがんだ。

「それでも従わずにいられぬほど、北の方のお人柄が優れていたということでしょう」

「ええ、たぶん……」

琴柱の声は少し掠れた。涙をこらえているようにも聞こえる。

「たぶん、そうなのでしょう。あの葛の葉があそこまで……尽くしたのですから」

「葛の葉の身に、何かあったのですか」

嫌な予感がした。琴柱はかすかにうなずいて先を続ける。

「北の方さまは判官さまのあとを追われたのです。葛の葉はそのお供をしたのですが、ご一緒したのは逢坂の関まででした。そこで判官さまの行方を追う武者たちに遭遇し……。葛の葉はその場に残り、北の方さまをお通ししたそうです」

「まさか、葛の葉は北の方さまの身代わりになったのですか」

「いえ。関守に止められたのは、判官さまの北の方だと素性を知られたからではないのです。どうやら田舎武者どもに弄ばれそうになり……」

「それでは……」

郷と葛の葉の顔が浮かび、静は目の前が暗くなったように感じた。

「北の方さまは判官さまにとって大切なお方。いくら口では悪く言おうとも、葛の葉にはそのことがよく分かっていたのでしょう。そこで、あの子はあのきれいな顔を自ら男たちに晒し、自分だけで満足するように仕向けたらしいですわ。それで……」

「あれほど身を売ることを嫌っていた、あの子が――」

「その話を聞いた時、私は北の方さまをお恨み申し上げるところでした。でも、あの子が……葛の葉が北の方さまを恨んでくれるなと言うのです。それで、私はあの子に言いました。一緒に静姉さんのもとへ行こうって。あの子も承知してうなずいたのですが」

ところが、その支度をしていたある日、ふっと葛の葉は姿を消してしまったという。

琴柱に宛てた文があり、そこには北の方を追って奥州を目指したい、静には合わせる顔がないので琴柱からよろしく伝えてほしい、と書かれていた。

「北の方さまを選んでしまったことで、静姉さんに顔向けできぬと思ったようですわ」

「そんなことで、私が怒ったりするものですか」

静は泣きそうになるのをこらえ、無理に微笑んだ。

「生きていれば、また葛の葉に会える日もまいりますよ」

琴柱は明るい声で言う。

「ええ、その通りだわ」

静も目じりに浮かんだ涙を拭いて、大きくうなずき返した。

「これからはお心安らかにお過ごしください。御身二つになられるまで、私が静姉さんをお世話いたしますから」

琴柱はもう決まったことのように言う。はきはきした物言いが何とも頼もしく感じられた。

「ところで、判官さまと北の方さまの行方は、その後、耳にしていますか」

鎌倉では、義経の消息を誰に尋ねることもできない。

「判官さまは北陸道(ほくりくどう)を伝って奥州を目指すらしいと、噂に聞きました。北の方さまもどこかでその噂をお耳になされば、おそらく奥州へ向かわれたと思いますが……」

郷はもう鎌倉には戻ってこられない。武蔵国の故郷へも帰れはしないだろう。ならば、郷にはもう義経のあとを追いかけるしか道はないのだ。せめて生き続けていてほしい、静はひそかにそう願わずにいられなかった。

「静姉さんは……」

言いかけた琴柱の言葉はそこで切れてしまった。琴柱の尋ねたいことは聞かずとも分かる。子を産んだ後、どうするつもりなのか。郷のように義経のあとを追いかけるのか。それとも都へ戻るのか。白拍子を続けるのか、辞めるのか。

だが、その問いに返せる答えを、静は持ち合わせていなかった。静の表情からそれを察したのだろうか、琴柱はそれ以上尋ねようとしない。

その後、庭で花の世話を終えたという母が現れ、琴柱との再会を果たした。母は庭先で突然現れた猿丸とも顔を合わせたそうだが、ろくに話もせず、すぐに去ってしまったという。

「これから、奥州へ向かうと言っていたけれど」

と、母は言う。

（奥州へ……）

もしかしたら、自在に奥州へ行ける身を、自分の前に晒すまいと気を回したのだろうか。そんなふうに静は思った。

二

琴柱が一緒に寝起きするようになってから、静の暮らしは明るくにぎやかなものとなった。もはや妹弟子というだけでなく、本当の妹のようなものだと静には思える。そして、もう一人、同じように思う葛の葉にも息災でいてほしいと、静は日々願っていた。

母が庭に植えた笏拍子は、やがて小さな緑色の実をつけ始めた。夏の終わりの頃、庭に面した濡れ縁に腰かけ、静は笏拍子を眺めていた。産み月が間もなく迫った大きな腹にそっと手を当てる。腹の中の赤子は時折、元気に腹を蹴ることがあった。

「この草は笏拍子というのよ。笏拍子という楽器に似ているからなんだけど、白拍子の花と言われているの」

生まれてくる子は女の子だ。だから、自分はきっと一度は娘に尋ねるだろう。お前は白拍子になりたいのか、と——。

「その時、お前ははいとうなずくのかしら。それとも、葛の葉みたいに絶対に嫌だって言うのかしら」

腹に手を当てて、子の返答に耳を澄ませるように目を閉じる。この子は何と言うだろう。その時を想像すると、どきどきする。楽しみでもあり、少し怖いような気もする。どちらの答えでもよいと思っているのに、不思議なものだ。

「静姉さん」

ややあって、庭の向こう側から琴柱が現れ、静の隣に腰を下ろした。「お加減はいかがですか」と尋ね、静が変わりないと答えると、

「笏拍子の花、終わってしまったんですね」

琴柱は実をつけ始めた笏拍子に目をやり、いつになくしんみりした調子で呟いた。

「磯禅師さまも静姉さんも、この花がお好きなんですね」

「白拍子の花ですもの」

静はひっそりと微笑んだ。

「でもね、笏拍子と違って、一本だけの茎に白い花が咲く笏拍子もどきも好きよ」

笏拍子もどきとは仲間内での呼び方だが、琴柱はその花のことも知っていた。

「静姉さん、お子が生まれたら、また舞われますよね」

ごくさりげない調子で、琴柱は訊いた。ずっと尋ねる機会を探していた琴柱の気持ちは分かっている。だが、静はまだその答えを見つけていなかった。

「実はまだ分からないのよ。舞を続けたいのか、もうやめてしまいたいのか」

静の正直な告白に、琴柱は言葉を返さなかった。

「私が舞うのをいちばん近くで見ていたお前には、おかしな言い草に聞こえるでしょうね。桜町中納言さまの望むまま、芸の頂を目指そうとしていたこの私が、こんなことを言うなんて」

「いいえ。そんなことはありませんけど」

琴柱は真面目に答えたが、静は頭を振った。

「桜町中納言さまの後見を受けていた時、私の中に迷いはまったくなかったの。日の本一の白拍子を目指せと言われ、本気でそうなれると思った。母さまが舞を捨てた理由を知った時、何て愚かなのだろうと思ったわ。想い人以外の男の前では舞いたくない、そんなふうに言う母さまの心が分からなかった。その考えは、判官さまをお慕いするようになった後も大して変わらなかったの」

「静姉さんの舞は、たった一人のためのものじゃありませんもの。姉さんの舞はこの世の多くの人の心を動かすためのものなんです」

琴柱は熱心な口ぶりで言う。

「私もね……おこがましいけれど、そう考えていたの。判官さまのことを疎か（おろそ）に思っていたわけではないわ。判官さまのことも大事、でも、舞を舞う私のことも大事……だったのだけれど」

「そう思えなくなってしまったのですね。判官さまとお別れになってからですか」

「ええ。お別れする瞬間、こう思ったの。私は判官さまのために舞を捨ててもかまわないって。それでも、私は鶴岡八幡宮で神前奉納の舞を舞った。かつて巫女が舞うようだと言われた私が、まるで気持ちを研ぎ澄ますことができなかった。いいえ、もう神に捧げる舞を舞う気持ちなどなくなっていた。だから、私は判官さまをお慕いする舞を舞ったの」

「でも、その舞がまた、大勢の人の心を打ったと聞きました。静姉さんの舞には、姉さんのお気持ちとは関わりなく、そういう特別な力があるのです」

琴柱は相変わらず熱心に言うが、静はうなずけなかった。

本当にそうだろうかと疑わしい気持ちが先に立つ。実際、あの後、梶原景茂らが館へ押し寄せた時、自分は舞うことを拒んだ。あの男たちに見せる舞など舞いたくないという気持ちが先にきた。そんな自分にはもはや白拍子であり続けることはできないという気もする。

「奥州へ……行きませんか、静姉さん」

琴柱の誘い文句は唐突に静の耳を打った。静は目を見開いた。

「何を言うの。今は舞の話を……」

「舞うか舞わないかは、静姉さんが自分で決めていいことです。同じように、どんな舞を舞ったっていいんです。想い人の前だけで舞いたいのならそうすればいいし、ご自分のために舞いたいのならそうすればいい。それを決めるのは世間の人じゃありません。法皇さまや鎌倉殿や判官さまでもない。ぜんぶ静姉さんが決めていいんですよ。だって、姉さんは……」

勢いよくしゃべり続けていた琴柱の言葉が、ふっと止まった。琴柱は静の目をじっとのぞき込み、

「日の本一の白拍子なんですから」

と、ゆっくり噛み締めるように言う。

「奥州へ行くかどうかも、静姉さんのしたいようにすればいいんです。私には、姉さんは奥州へ行きたがっているように思えます。違いますか」

「………」

「静姉さんは北の方さまに気兼ねしていらっしゃるのかもしれません。確かに、私も北の方さまをお気の毒に思います。その北の方さまを必死にお守りした葛の葉のことも、かわいそうでなりません。でも、今の静姉さんは……あの二人よりもおいたわしく思えます」

「私が……?」

「さようでございますとも。どうしてそんなにも、判官さまと北の方さまの思惑をお気

になさるんですか。行きたければお行きになればいいんです」

「今から、あの方を追っていく……」

そんなことはもはや念頭にも浮かばないこと――ずっとそう思い続けてきた。

「世の人は他人の思惑や立場よりも、己の心に忠実に生きています。北の方さまとてご実家を顧みず、判官さまを追っていかれたではありませぬか。それで、河越のご当主がご息女をお恨みすることはありますまい。北の方さまとて、よもや静姉さんに来るなとは仰せにならないでしょう」

在りし日の郷の面影がよみがえった。確かに、郷は否とは言わないだろう。

だが、義経はどうか。吉野山で背を向けて去ったあの男は――。

「何を躊躇っておられるのです」

あたかも静の心を読み取ったような呼吸で、琴柱が目を上げて訊いた。

「判官さまは最後にこうおっしゃったの。そなたには歌と舞があるな、と――。だから、一人でも平気だなと、おっしゃりたかったと思うのよ」

都を去った時は、郷が義経の傍らにいなかった。だから、静がそばにいる意味があった。しかし、今、郷が義経の傍らにいるのであれば、義経は静に来てほしいと望むだろうか。いいや、むしろ――。

「それが、何だとおっしゃるのですか」

琴柱は叱るような調子で、ぴしゃりと言う。

「静姉さんはただの女人じゃない。日の本一の白拍子なんです」

本気で腹を立てて叫ぶ琴柱に、静はあっけに取られていた。

「白拍子はもとより、己の器量一つに依(よ)って立つもの。私はその静姉さんをこそご立派と思います。判官さまが北の方さまを選ばれようとも、葛の葉が北の方さまを選ぼうとも、私は一人で舞うことのできる静姉さんをこそ、日の本一の白拍子と思います。日の本一の女人と思うのでございます」

「琴柱……」

「よいではありませんか。仮に判官さまが静姉さんに帰れとおっしゃっても、仮にお二方が水も漏らさぬほど仲睦(なかむつ)まじくお暮らしだったとしても、静姉さんには歌と舞がある。いつでも、自らの足で立ち、舞うことができるのですから……」

昂奮してまくし立てる琴柱の声が、いつの間にか涙まじりになっている。

——まことに恋しい人ができたら……お前もきっと悩むことになるでしょう。その方のために、舞を捨てられるかどうかと。

昔、聞いた母の声が胸で鳴っていた。そこへ成範の言葉が、さらに別れ際の義経の言葉が重なっていく。

——舞はこれからつらい道を行くそなたにとって、支えになるのではないかと。

──そなたには歌と舞がある。そうだな。

最後に、鶴岡八幡宮で義経のために舞った時の昂りがよみがえってきた。

あの時以来、悩み続けてきた。義経のために舞う舞は、人の鑑賞に耐え得るものなのか。そもそも人に見せるための舞ではなくなってしまっているのではないか、と──。

だが、あの舞は多くの人の心を打ったと琴柱は言う。あの頼朝さえ、大衆の面前で怒りを表せなかった。それは、自分の舞にそれだけの気迫と力がこもっていたからだと自負することができる。

（私には私の舞がある）

そのことがようやく腑に落ちた。

母には母の舞があり、自分には自分の舞がある。義経のために舞いたいという気持ちは確かにある。義経だけが見てくれればいいという気持ちも今なお胸に宿っていた。

だが、それ以上に──。

（判官さまをお守りするために──あの方の誇りを守るために、私は舞っていたい）

これ以上はない素直な心持ちで、今、静はそう思った。

かつて「日の本一」と呼ばれた静が舞うことをやめれば、反逆者の愛妾となったことで、世間の目を憚ったと思われるだろう。だが、義経には何の非もないのだ。ならば、自分は義経の愛妾として堂々と舞わなければならない。

（舞を捨ててもよいと思えるほどのお方が、私の舞を認めてくださるからこそ、私は決して舞を捨てない）

自分の宿世は歌舞に結びつけられている。同時に、義経にも結びつけられている。

（母さま、中納言さま。そして、判官さま。これが静の選んだ道です）

胸を張ってそう言うことができると思った。

「ねえ、琴柱……」

咽（むせ）び泣きしそうになるのを一瞬だけこらえながら、

「私は、奥州へ行きたいわ」

静はきっぱりと言った。言い終えてから、咽び泣くことを己に許した。

静が泣き疲れるまで、琴柱は黙って静の体を支え、待ち続けてくれた。やがて、涙が涸（か）れた時、静はまっすぐ天へ伸びる笏拍子の茎が夏の陽に輝く姿を見た。

その時、秋の気配を含むさわやかな風が吹き抜けていった。

「奥州まで、私にお供させてください」

琴柱の言葉に、静はそっとうなずき返した。

それから、約ひと月後、暦が秋を迎えてからも、鎌倉には夏の暑気がしばらくの間、残っていた。

この年は閏七月がある。七月が終わり、続けて閏七月に入ると、由比ヶ浜に近い静の宿所に入る風も冷たくなってきた。

この月も終わりかけた二十九日、静は義経の子を産んだ。

折しも、激しい嵐の晩——。由比ヶ浜は暴風と、押し寄せる高波に荒れ狂っている。

生まれたのは、静や磯が心の底から願っていた女の子ではなく、男の子であった——。

三

静は由比ヶ浜をただ一人でさすらっていた。

——赤子をこちらへよこしなされ。

——なりませぬ。断じて渡しませぬ。

怒号と狂騒、引きつけを起こしたように泣きじゃくる赤子の声に、泣き叫ぶ女の甲高い喚き声——。

——御所さまに命乞いをしてくださる方もいたそうですが、御所さまは断じてお受け容れにならなかったとか。

——何と。鎌倉の御所さまは何という冷たいお方なのか！

憤る女の声に、咽び泣きが重なり合う。これは琴柱の声？　それとも母の声だろうか。

静は浜辺を歩き続けた。襪を履いていたはずだが、いつの間にか脱げてしまったようだ。静はすでに裸足であった。

あの夜の恐ろしい嵐が去って、幾日が経ったのか、それも定かではない。今、空も海もどんよりと灰色に濁り、不気味な静けさを湛えている。

それを映す静の瞳も濁っていた。頭の中は、水を含んだ布でも詰められたかのように重くて鈍い。どこか遠いところから聞こえてくる数多の声が、耳の奥に注ぎ込まれ、静の心を逆撫でにする。

――舞は……そなたにとって、支えになるのではないか。

――そなたは日の本一の白拍子を目指せ。

――私は……見てみたいのだ。才ある者が舞に生涯をかけ、芸の頂に達する姿をな。

――並の恋ならば……いずれの道も、我がものとできるでしょう。されど、まことの恋とは……。

違う。いや、違ってなどいない。母の言葉は正しかったのだ。舞の道とまことの恋――双方を手に入れることなどできるはずもなかった。

（私は……舞の道を極め、まことの恋を手に入れたのだったか。それとも、舞の道をあきらめて……。いいえ、あきらめたのはまことの恋の方だったか）

分からない。自分がどう生きてきたのか、それさえも分からなくなってしまった。

この世で正しいものとは、自分が生きてきた証とは、いったい何なのだろう。

――そなたの舞は見事なものだ。

――九郎さまは……ご心配でいらっしゃるのね。あなたがいつか、母君のようになられるのではないかと。

――私は美しい女を嫌っていたはずだが、今宵は美しい女が愛しく思える。

――女の子が生まれるよう、共に祈りましょう。

女の子？　そう、義経の子の話だ。自分は義経の子を産んだのだった。

あてどもなくさすらっていた静の心は、今、第一に思いめぐらさねばならないことにようやく行き着いた。

（私の子は……？）

私の産んだ子はどうなったのだろう。

小さな手足をぎゅっと固く結んで、全身で泣いていた赤子――。目を閉じた、そのくしゃくしゃの顔がどこか、つらい目に遭い続けながら、そうやって声を上げて泣くことのできなかった義経の面影に重なって見えた。

（生まれたのは……男の子？）

あの子は乳母の乳を一口でも吸ったのだろうか。乳母の手配は足立清常がしてくれたはずだが……。

真っ白な産着にくるまれたあの子を抱いた時、咽せ返るような甘くて懐かしいにおいがした。この世にこれほど愛おしくてならぬものがあるだろうか、そんな気持ちをかき立てられたにおい。

その時の記憶が赤子のにおいと共によみがえってきた瞬間、静は急に息苦しくなって、その場にうずくまってしまった。

――もはやこれまで。

――静を押さえていてくだされ。

――私が子を取り上げます。

――どうか、それがしを恨まないでくだされ。

鼓動が激しく高鳴っている。皮膚を突き破って心の臓が飛び出してきそうなほど、胸が苦しい。

いけない――と、体のどこかが訴えていた。これ以上、そのことを考え続けてはならない、と。

静はその体の声に従い、どこからか湧き上がってくる幾つもの切実な声に、いったん耳をふさいだ。

子が生まれた時のことは考えず、それよりずっと昔――みごもったことに気づいた昔に思いを馳せた。

あれは、義経と共に吉野の山中をさまよっていた時のことだ。だが、厳しい雪山の逃避行に、静はついて行けなくなって、義経から引き返せと告げられた。

(あの時、私はみごもったことを告げようとして……)

——そなたには歌と舞がある。そうだな。

(告げることができなかった……)

もしも告げていたら——。今の事態は何か変わっていたのだろうか。

あの時、何としても義経のそばを離れず、必死になって義経のあとを追っていったならば、自分は今頃、奥州にいたのではないか。奥州にいて、生まれてきた子を義経に抱いてもらえていたかもしれない。

(私は……どうしてあの時、打ち明けられなかったのだろう)

子ができたという確信が持てなかったからか。いや、そうではない。

置き去りにした郷に負い目を感じていたからか。それも違う。

義経を困らせたくなかったのか。否。

そなたには歌と舞があるな、と先んじて言われてしまったから——？　否、否。

(私はあの時、子を楯にして、判官さまのお心を独り占めしようとした……)

義経をもう二度と郷には渡したくない——それが本心だったのだ。その我欲の醜さに気づいていたからこそ、心に一瞬の躊躇いが生まれた。それが、あの時、義経の前で、声が出せなかった真の理由。

(私は、あの子に――)

本当に申し訳ないことをしてしまった。

「だからなの?」

静は嵐の去った由比ヶ浜の海に向かって、ささやくように訊いた。

「だから、お前は私の……この母のもとから、去ってしまったの」

不意に、数々の叫び声と狂乱じみた騒動の有様が、洪水のように襲いかかってきた。

母は泣いていた……。

――静や。これ以上抗ったところで、どうにもならぬ。

子を渡すしかない。抗い続ければ、いずれあの非情で獰猛(どうもう)な武士たちが押し寄せ、静から強引に赤子を奪っていくだけのこと。彼らがまだそこまでの仕打ちに及ばぬうちに、赤子を差し出してしまった方が、傷が少なくて済む。そう説得したのは、母だったか、琴柱だったか。あるいは、足立清常だったか。

――許してくだされ。それがしにはどうすることも……。

清常も苦しそうだった。静や母の世話をするうち、嫌でも情が移ってしまったのだろう。まして、生まれたばかりの赤子を母親から取り上げ、殺さねばならぬ役目はつらかったはずだ。

――静姉さん。どうか、どうかこらえてください。

泣きながら、琴柱は自分の体を押さえつけた。静は赤子の小さな体を力任せに抱きすくめた。

赤子の泣き声が狂ったように激しくなる。それでも、静は腕の力を緩めるどころか、いっそう強くした。

許して、許してちょうだい、と呟きながら――。

だが、母の手が伸びてきて――。大切な赤子は奪い取られてしまった。

――いけません。その子を渡しては！

静は声も限りに泣き叫び、押さえつける琴柱の腕を逃れようとした。爪を立てたようにも思う。歯を立てたかもしれない。肌に食い込む感触が指先に、床に落ちる赤い血の跡が瞼の奥に残っている。

琴柱の悲鳴に赤子の泣き声、そして、自分の絶叫――。

後のことは覚えていなかった。はっきりしているのは、義経の子は奪い取られ、頼朝の命令で殺されてしまったということだ。

（ここには、救いがない……）

砂浜に両手をついて身を起こしながら、静はそう思った。

空も海も、かつて青かったことなど忘れたかのように、どんよりと暗い灰色に染まっていた。その空が晴れることは二度とないように、静には思われた。

これまで世の中は、どれほどつらく苦しかろうと、静の前に明るく開けていた。努力をすれば報われるし、欲しいものはその果てに得られると信じることができた。白拍子としての実力も名誉も、恋い慕う人の心もすべて、自らあきらめさえしなければ手に入るもの——そう信じる気持ちが根底にはあった。

無論、すべてが思い通りに運んだわけではない。

義経の心は静一人のものではなかったし、最後には義経とも引き裂かれた。

義経を追い詰め、郷の実家を滅ぼした頼朝の仕打ちは、許しがたいほどに惨く非情なものであった。

それでも、それらはすべて、この世を生きるとはそういうものだと、静自身が折り合いをつけられる範疇にあった。

しかし、今度のことだけは違う。

あの罪のない、父親が何者かも知らず、何のために生まれたのかも知らぬ幼子の命が、むざむざと奪い取られたことは、どんな理由があろうと、折り合いのつけられるものではない。どうすれば、この苦痛と懊悩から逃れることができるのだろう。どうやって心の中を吹きすさぶこの憎悪をなだめて、生きていけばよいのだろう。

その時、子供の泣き声らしきものがどこからか聞こえてきた。

（あの子が泣いている――）

暗い闇の底で――。浄土へ行き着けず、さ迷って泣いているのだ。誰もあの子に浄土への行き方を教えてやれなかった。あの子はこの世で功徳を積むこともできなかった。だから、浄土へ行く道が分からず、泣いているのに違いない。

耳を澄ませば、泣き声は海の方から聞こえてくる。

（私が行ってやらなければ――）

静は両腕に力を込めて、身を起こし、砂の上に立ち上がった。

不思議なくらい、心は凪いでいた。どうして、今の今までそのことを思いつかなかったのだろう。

死ぬということの後ろめたさはまったく感じなかった。むしろ、この上もなく前向きに物事を進めているのだという充足感が、静の心身を満たしていた。

（ああ、これで楽になれる）

静は海に向かって歩き出した。一歩進むごとに、素足が砂の中に沈み込む。決して歩きやすくはなかったが、一歩一歩、確かに進むという実感があった。一歩一歩、亡くなった子に近付いているという実感があった。

やがて、波が洗った後の砂が、ひんやりと冷たく静の素足に感じられた。

（吾子よ、待っていて）

静はさらに一歩、足を踏み出した。

四

「お待ちなさいっ！」

静は絡みつく二本の腕によって、その場に転倒させられていた。腰にしがみついてきた相手も、一緒に膝をついていた。

「母……さま」

静は砂浜に倒れている母の姿に気づき、声を上げていた。

「お前の姿がないと聞いて、もしやと思ったのだけれど……」

やはり知っていたのだね、と母は呟くように言った。

「あの子が由比ヶ浜の海に投げ捨てられたということを」

ああ、そうか——と、静はぼんやり思った。だから、自分はこうして由比ヶ浜をさすらっていたのだ、と。

よくよく記憶をたどってみれば、母の言う通りかもしれない。あの嵐の晩の狂騒の中、誰の口から聞いたのかも覚えていないが、静は赤子が由比ヶ浜の海に捨てられたことを知ったのだった。

「お前はあの子を追って死ぬつもりだったの」

母が恐るおそるといった様子で、静に訊いた。

「死ぬ……？　いいえ、私はあの子の道しるべになってあげようと思って」

「道しるべ……」

「そう。あの子はたった一人で、闇路をさすらっているのだもの。せっかく生まれてきたのに、仏さまの教えを受けることもなく、功徳を積むこともできなかったから」

歌うような調子で答える静に、母は眉をひそめた。

「何の罪も犯していないあの子は必ずや浄土へ行けるはず。心配することなどありませんし」

母の言葉に、静は大きく頭を振った。

「いいえ、あの子は迷っています。どこへ行けばよいのか分からず、途方に暮れて泣いている。その泣き声が聞こえるのです。今も耳の奥で、赤子の声が響き続けている」

静の濁った瞳を受け止めて、母はそっと息を吐いた。母の目は腫れ上がり、その下にできた隈はもう何日も消えることがなかった。

「お前は……そうやって、私を責めているのですね」

母の呟く声には、切実な響きがあった。

「責める……？」

「私が判官さまのお子を、お前から取り上げたから――。お前の母でありながら、そんな無情なことをした私を、お前は責めている」

こんなにも悲しみに満ちた母の声を聞くのは、初めてのことであった。だが、そんなことはないと母を慰めてやることはできなかった。誰かのために優しい言葉をかけてやれる心のゆとりがもはやない。

思いたいように思ってくれ――そんな投げやりな気持ちで、静はぼんやりと母を見つめていた。

「それが理不尽だと言いたいわけではありません。お前を相手に、あの鬼のごとき仕打ちの言い訳をしようとも思わない。あの時、私も命をなげうつ覚悟はできていました。娘の子の命を奪って、どうして、この婆が生きていられよう」

母は静の冷ややかな反応に傷ついたふうもなく、語り続けた。母もまた、静にというより、この世のすべてを見通している神や仏といったものに、かき口説かずにはいられぬ苦痛を抱えているようであった。

「私も母親でした……」

母はそう告げた後、静の目を見据えてきた。

「だから、母として娘の命を守りたかった。たとえ鬼となって、赤子の命を奪うことになろうとも。お前には生きて、判官さまのもとへ行くという道があると思ったから」

義経のもとへ行く——？　それは、まるで別人の話を聞かされているかのように、静には感じられた。

——ねえ、琴柱……。私は、奥州へ行きたいわ。

静自身の声が遠くからよみがえってくる。あれは、本当に自分が口にした言葉なのか。それも、ほんの幾月か前に——。だが、何と遠いのだろう。まるで前世の出来事のように、静には遠くに感じられた。

母はじっと静の反応をうかがっていた。だが、いつまで経っても、静が何も言葉を返さないことで、その胸の内を悟ったようであった。

「されど、お前がもうその望みを持たないというのなら……。判官さまのもとへ行くより、あの子のもとへ行きたいと言うのなら、私はそれを止めはしません」

母は静の腕に手を添え、静の目を正面からのぞき込んだ。

「でもね、お前があの子のそばに行ってやりたいのなら、お前のそばにいてやりたい私の気持ちも分かるであろう。静や、一緒に逝きましょう。あの子のもとへ——。三人で浄土の蓮(はちす)を目指しましょうぞ」

母の言葉が終わるや否や、静はゆっくりうなずき返した。

母と娘は互いに支え合うようにしながら立ち上がると、おぼつかない足取りで海へ向かって歩き出した。

塩を含んだ粘り気のある海風が、頬に吹き付け、髪をなぶっていく。静も母も不快な風を避けようとせず、一歩一歩進んだ。やがて、波が足もとを洗うほどの近さになった。二人を誘うように波は引き、また新たな波が寄せてくる。次の波は踝まで、その次は脹脛まで、さらに次は――。

「静姉さんっ！」

脳天にまで響くような大音声を耳にした時、静も母も膝の上まで水で濡らしていた。

「何をしているんですか、二人とも」

静は海の彼方だけを見つめ続けていた。母は声の方を振り返ろうとしたが、億劫そうにやめてしまう。次の瞬間、母の手首は何者かにつかまれていた。母の支えを失った静の体は膝をつきそうになる。

「静姉さん！」

静は泣き叫ぶ琴柱によって抱きすくめられていた。二人はもんどりうってその場に倒れ込み、水しぶきを盛大に浴びる。

母を捕らえたのは猿丸であった。

目に映る光景で、それは理解していたが、もはや驚く心を静は持ち合わせていない。

静と母は猿丸と琴柱によって浜辺へ引き戻された。琴柱は咽び泣きながら「静姉さん」と言い続けている。その琴柱の左の頬と左手の甲には、蚯蚓腫れの跡があった。赤子を奪われそうになった時、自分がつけた傷だと静はぼんやり思ったが、謝ろうという気も起こらなかった。

「猿丸さんがこれを届けてくれたのです」

泣きながら告げる琴柱の手には、薄汚れた白い布地が握られている。静は「あっ」と声を上げ、それを琴柱から奪い取った。見間違えるはずがない。それは赤子の産着であった。

「これは、あの子が身に着けていた……」

「そうです。由比ヶ浜に打ち上げられていたのを漁師が見つけ、猿丸さんが受け取ってくれたそうです。お二人にお見せしてから、寺に納めるのがよいと思って」

静は産着に顔を埋めた。覚えのある甘く懐かしいにおいはせず、潮のにおいが染みついている。静は思い切り息を吸い込んだ。どこかにあの子のにおいが残っているはずだ。どこかに——。

その時、乳のような甘いにおいが一瞬だけ、ふわっと香り立った。

「うう っ……」

静は嗚咽(おえつ)を漏らし、産着に顔を埋めてしゃくり上げた。ややあって、産着が静の涙を吸い込んだ頃、

「静姉さん」

琴柱が静をそっと抱き締めた。海水に濡れそぼち、冷え切った体にほんのわずかだが温もりが伝わってくる。静の頭に詰まっていた重苦しい何かが、ゆっくりと溶け出していった。

「猿丸さんに頼んで、産着を寺に納めていただきましょう。ちゃんと供養していただいて、往生を願って差し上げましょうよ。静姉さんが悲しんでばかりいると、若君が往生できなくてかわいそうです」

「……そう……ね」

静がぎこちなくうなずくと、琴柱が静に手を添えて産着を差し出させる。猿丸はそれを受け取った。

「他に納めたい品があれば出してくれ」

猿丸が淡々と問う。その時、静の脳裡にあるものが浮かんだ。ある時以来、いつも懐に入れていたもの。取り出して眺めることはあったが、ただの一度も使いはしなかったもの。

静は懐から細長い錦の袋を取り出した。

義経から吉野山で譲られた笛であった。母の常盤御前が義経に持たせたという「薄墨」の笛――。母から息子に受け継がれたその笛こそ、静が今、我が子に持たせてやりたいものであった。

（私には判官さまとの思い出がある。でも、あの子には父上の形見となる思い出が何もない）

義経がこの笛を吹き、その音色に合わせて舞った夜のことを噛み締めながら、私は大丈夫――と、静は自分に言い聞かせる。気持ちが落ち着くのを待ってから、静は袋の中から笛を取り出した。

「これは、判官さまからいただいた『薄墨』の笛です。これを一緒に納めていただきたいのですが、最後にもう一度だけ、この笛の音色を聞きたいのです。それまで待っていただけますか」

静の申し出に、猿丸は無言でうなずいた。

「琴柱」

静は薄墨の笛を琴柱に差し出した。

「お前が吹いてちょうだい。曲は……神楽歌がいいわ。『榊葉（さかきば）にゆふしでかけて』なら分かるでしょう」

「は、はい」

琴柱は返事をしながらも、困惑した表情を浮かべたまま、笛を受け取ろうとはしない。

「あの、私などが吹いてもよいのでしょうか」

「琴柱に吹いてもらいたいのよ。琴柱は私が知る中で最も優れた笛の吹き手ではありませんか」

「でも、その笛は判官さまの……」

「この笛はね、蟬が欠けているの。だから、蟬折ともいうと教えていただいたわ。判官さまが頂戴した時から、蟬はなかったのだそうよ」

　語るにつれ、思い出があふれ出てくる。それはあわれ深い思い出であればあるほど、大きな悲しみを呼び起こしたが、一方で虚しいだけの心を確かなもので満たしてくれた。

「吹かせていただきます」

　琴柱は厳粛な表情で薄墨の笛を受け取ると、口に当てた。神楽歌の厳かな音色が流れ始める。


　　榊葉にゆふしでかけて誰(た)が世にか　神の御前(みまへ)にいはひそめけむ

　静は小声で歌った。

　榊葉に木綿四手(ゆうしで)をかけて神さまの御前で精進潔斎するのは、いったいいつの世から始まった風習なのだろう――神と人との長い歴史に思いを馳せる清らかで素朴な歌。

　どうか、清らかな我が子の魂が迷うことなく浄土へ行けますようにと、静は祈った。

　気がつくと、自分の歌に合わせて、母が歌っている。母は歌いながら泣いていた。

静の目の前が不意にかすんだ。いつしか目の前の海は消え、真っ白な雪に包まれている。目の前には義経がいた。「そなたには歌と舞がある」――そう言い置いて、雪を踏み分け去っていった義経の背中が――。

――よしのやま峰の白雪踏み分けて……

鶴岡八幡宮で義経を想いながら歌った歌がよみがえった。

目の前の雪景色は消え、辺りは鶴岡八幡宮の舞台へと変わった。静の目の前には大勢の群衆の姿が見える。

静はふらふらと立ち上がっていた。琴柱が笛を口に当てたまま、目を驚きに瞠っている。猿丸と母が固唾を飲んで、自分に見入っているのも分かった。

(私は大丈夫。もう死のうなどとは思わないから)

静は懐から扇を取り出し、それを広げた。

由比ヶ浜白波くぐり水底(みなそこ)に　眠れる吾子のすがた恋しや

言葉は自然にあふれ出てくる。その言葉にのせて、静は鶴岡八幡宮の時と同じ型で舞った。

あの日は義経のために舞った。今日は吾子のために舞う。吾子が安らかな眠りに就けるよう、ただそれだけを祈って——。

琴柱はどんな舞を舞ってもいいと言ってくれた。そう、それならば、こうやって我が子のために舞う舞があってもいい。そして、これは静自身の心を慰める舞でもある。

静はこの歌を三遍くり返し、砂浜を舞台に舞った。琴柱は何も訊かず、薄墨の笛を吹き続けてくれた。

やがて、静が扇を閉じた時、琴柱も曲を吹き収めた。琴柱が錦の袋へ戻した笛を受け取った後、静は改めて猿丸にそれを託した。

「本当にいいのかい。判官さまのお品なら、手もとに置いておきたいんじゃないのか」

「いえ、そうしてください。父君のゆかりの品として渡してやれるものが他にありませんから」

静が曇りのない目を向けて言うと、猿丸はもう何も言わず薄墨の笛を受け取った。

その時、抑え気味に咽び泣く声が上がった。母が砂浜に突っ伏して泣いているのだった。静はその傍らへ寄り、覆いかぶさるように母の体をそっと抱き締めた。

第九章　静の舞

一

それから、ひと月半が過ぎた九月十五日のこと。この日が静と磯、琴柱が鎌倉で過ごす最後の晩となる。翌十六日、一行は足立清常の館を出ていくことになっていた。

その後はどこへ行ってもかまいなし——と言われている。ということは、義経が向かったとされる奥州を目指してもいいわけだが、静はいったん都へ戻ると決めていた。

琴柱からは奥州へ行くなら供をすると言われていたし、静にも奥州を目指したい気持ちはある。しかし、今年の夏、奥州平泉(ひらいずみ)へ出向いた猿丸の話によれば、義経がそこにいるという情報はつかめなかったという。

それに、いくらかまいなしと言われたところで、鎌倉を出てしばらくは見張りがついている恐れもあった。

「いずれ奥州へ向かうとしても、無理に焦らない方がよいでしょう。判官さまのお暮らしが落ち着いてからの方がよいと思いますし」

と、静は琴柱に告げた。

義経のもとへ向かうという願いをあきらめたわけではない。むしろ、それは静の中でより強い思いとなっていた。その気持ちをありのままに打ち明けると、琴柱も納得した。

「その時には、私にもお供させてくださいますね」

「もちろんよ」

静と琴柱は再び誓いを新たにし、翌十六日の朝、三人は長く暮らした足立家の館を後にした。

向かうのは北ではなく、西の平安京。ところが、さんざん話し合った後だというのに、母は時折、北の空に気がかりそうな眼差しを向けている。その顔色はあまりよくない。静の子が死んだあの晩からずっと、目の下の隈は消えず、目はすっかり落ちくぼんでしまった。

まるでこのひと月半で、十歳以上も老いてしまったかのような母の姿を見れば、静も胸が痛む。母が子を取り上げたことを、静は一度も責めていないし、そもそも母のせいだとは思っていない。だが、いくらそう言っても、母の表情から暗さが消えることはなかった。

拾った産着と薄墨の笛を猿丸に託し、その猿丸が鎌倉を去った後もずっと、母は自責の念を抱え続けていた。不眠が続き、食もすっかり細くなってしまった姿を見れば、京までの長旅に耐えられるのかと不安にもなってくる。

鎌倉を抜け、腰越に達したところで、静はふと足を止めた。義経がまだ頼朝の許しを乞うていた頃、ここで鎌倉に入ることを拒まれ、この地で詫び状をしたためたということは、静も聞いている。しかし、結局、義経は許されず、ここから帰京するしかなかった。その後、鎌倉から刺客を送られたことにより、義経も完全に頼朝と敵対する覚悟を決めたのである。

義経がかつて数日間、留め置かれた場所だと思えば、静の心も騒いだ。母と琴柱もその気持ちを察してか、足を止めたが口を利こうとはしない。

鎌倉の町より鄙びた雰囲気だが、それでも京と鎌倉を行き来する旅人が増えたからだろう、二丈ほどの幅もあるだろうか、大きな道が作られており、水や餅などを売り歩く者の呼び声も聞かれた。

「あっちの辻で傀儡の一座が何かやってるってさ」

この辺りに住むらしい子供の声を聞き、静たちは互いに顔を見合わせた。傀儡といえば猿丸が思い浮かぶが、まさかと思いながら、子供たちのあとについていくと、ちょうど見世物を終え、道具やら人形やらを片付けている一座の人々がいた。

その中に、一人、雑用はせず、指示だけをしている小柄な老人がいる。

「まさか、猿丸さん」

母の口から声が漏れた。

「ああ」

猿丸が顔を向け、三人ににっと笑いかける。

「ここでしばらく興行をしていりゃ、会えるんじゃないかと思ってな。思った通りだ」

と、猿丸は言った。

「預かった遺品は駿河の寺にお納めしたよ。寄ってくかい」

と、猿丸から訊かれたので、東海道を上る途中、お寺へ参拝させてもらうことにする。

猿丸は静たちが都へ戻ると考え、それを見計らって腰越で待っていてくれたのだそうだ。ここで見世物をして五日になるという。

「それじゃあ、また猿丸さんたちと都までご一緒できるんですか」

鎌倉へ来た時も猿丸たちに世話になったという琴柱は、嬉しそうである。

「俺たちは流れ者だからどこへでも行く。そちらさんがかまわねえなら、都までお供するよ」

「それはありがたいです。女だけの旅は心もとないですし。ねえ、磯禅師さま、静姉さん。猿丸さんたちにご一緒していただきましょうよ」

琴柱の言葉に、母も静も反対する道理などない。

「それじゃあ、決まりだな。琴柱さんにはまた、人を集めるために舞ってもらうぜ」

猿丸の言葉を聞き、「え」と静は声を上げた。

「琴柱もこういう辻で舞を舞うことがあったの?」

「は、はい。笛も吹いたんだけれど、舞の方が人を集めやすいからって言われて」

舞よりも笛の方が得意な琴柱は、少し恥ずかしそうに言う。

「あ、でも、静姉さんは辻舞なんてしなくていいんですよ」

琴柱は慌てて言い添えた。

「静姉さんの舞は、華やかな宴の席や神前奉納のためのものですからね」

猿丸に聞かせるつもりもあったのか、琴柱は大きな声で言う。

「静さんはどうなんだ」

黙っている静に、猿丸が尋ねてきた。

「辻で舞うのは嫌なのかい」

「いいわけないでしょう」

静より先に、琴柱が口を開く。

「姉さんの舞は都じゃ、見たいっていう人が大勢いて、大臣(おとど)と言われるようなお方にだって、何日も待ってもらっているっていうのに」

「だからって、旅先の辻で舞っちゃいけねえってことにはなるまい」

猿丸の言葉を聞いた時、静は我知らず「その通りだわ」と口走っていた。「静姉さん」と琴柱が驚きの声を上げる。

「琴柱や。私は決めました」

静は琴柱をまっすぐに見つめて告げた。

「私は都へ戻ったら、また白拍子として世に立つことにします」

「静姉さん……」

「前にお前は言ってくれたわね。私の舞いたいように舞えばいいのだって。あの時、私はこの先も舞を続けようと思いました。判官さまのために舞い、私自身のために舞う。それでいいと思えたの。吾子の冥福を祈るための舞も、私には大切なものでした。それでも、今の今まで、人に見せるための舞を再び舞おうとは思っていなかったのだけれど」

静はそう言って、眼差しを琴柱から母へ、そして猿丸へと移していった。

「今、猿丸さんから訊かれた時、私は辻で舞うのが少しも嫌だとは思いませんでした。むしろ、明るい陽射しの下、舞ってみたいという気になったのです。私はこれまで、私の舞を見たいと思ってくれる方々の前でしか舞ってこなかった。でも、辻は違います。足を留めてくれたとしても、心惹かれなければ、人はすぐに去ってしまうでしょう」

そういう場所で舞うことの新鮮さ。そして、問われる本当の力。そういうものに、初めて目を開かされた心地であった。

「猿丸さん、一曲だけでよいから、今この場で舞わせてくださいませんか」

「ああ、かまわないよ」

と、猿丸は気軽に請け合った。

「静さんの名を知ってる人もいるかもしれねえが、どうする。名は伏せて舞うかい」

名を出すというのなら、ここで大掛かりな呼び込みをしてやってもいい、と猿丸は言う。

「では、呼び込みをお願いします」

かつてない爽快な心地で、静はすぐに言った。

「静姉さん」

心配そうな目を向ける琴柱に「お前には笛を頼むわ」と静はきびきび告げた。

「そうね。せっかくだから、鶴岡八幡宮の時と同じ歌にしましょう。それなら、噂で聞いた人もいるかもしれないから」

母に目を向けると、琴柱以上に心配そうな目つきをしている。

「私は大事ありませんよ、母さま」

静は気負いのない自然な口ぶりで告げた。

「私には、いつだって舞があるのですから」

そう言って、静は空を見上げる。

青く澄んだ秋空は雲一つない。

子を亡くした後、由比ヶ浜で見上げた空は、もう二度と青く晴れることはないように思われたものだが、そんなことはなかった。

空はこうして秋晴れに輝き、自分は再び舞の道を極めようとしている。かつて追われるように腰越を去らねばならなかった義経も、この空の下、きっと無事でいるはずだ。郷も無事でいると、自分は信じている。そして、いつか二人に会いに行く。義経への想いを託したあの歌を歌いながら、舞うために——。

その決意を胸にしっかりと抱き締めながら、静は昂然と顔を上げた。覚悟を決めたらしい琴柱はすでに笛を用意していた。

「さあさ、皆の衆。傀儡の芝居の後は、かの名高い静御前の舞だよ。日の本一と言われた白拍子の舞を御覧あれ」

猿丸が広げた扇で招くような動きをしながら、道行く人に呼びかけている。「静御前って誰のことだい」と首をかしげる者もいれば、「まさか、こんな辻であの静御前が舞うもんかね」と端(はな)から信じようとしない者もいた。烏帽子に水干の格好をしていないからだろう、「どこに白拍子がいるのさ」と文句を言う人もいる。

必ずしも好ましいばかりではないささやき声、不躾で好奇な眼差し、粗探しでもしてやろうという意地悪な目——かつては向けられたことのないものばかりだ。だが、それでいい。それらもすべて、自分の舞を見てくれる客たちのものなのだ。

「しづやしづ……」

口から勝手に歌があふれ出してきた。琴柱の笛が慌ててそれを追いかける。

取り出した扇を広げると、体は自然に動き出した。

「――しづのをだまきくりかへし」

静は歌いながら舞い始める。胸中にあふれているのは、歌い舞うことへの歓び（よろこび）であった。それを支えてくれた琴柱や母、猿丸への深い感謝の気持ちもある。そして、義経への熱い想いもなお――。

（私にはこれからも舞がある。そして、舞いたいように私は舞う）

それが芸の頂へ手を届かせることになれば、舞人としてこれほどの幸いはないだろう。

だが、今はそのことも忘れてしまえるほど、舞うことの喜びに心が染められていた。

舞う体はますます軽く、歌う声はいっそう透き通っていく。かつて感じたことのない愉悦の中で、静は舞った。

「……昔を今になすよしもがな、昔を今になすよしもがな」

秋空の下、一人舞う静の姿は、髪の先、指の先までこぼれんばかりの光に包まれていた。

ようやく都へ戻り、懐かしい七条富小路の家へたどり着いた時、驚いたのは待っていてくれるものがいたということだ。

二

「みゃあ――」

郷がかわいがっていた、しかし、いずれ来る別れを思って、名を付けるのを避けていたあの猫が生垣のそばで鳴いていた。

「おお、こちらへおいで」

母が手を差し伸べたが、猫はぷいと目を背けると、反対側へ走り去ってしまった。静が去ってから間もなく、母も六波羅に捕らわれ、空き家となってしまったこの家を、猫はずっと守り続けてくれたのだろうか。

この辺りで野良として生きているのなら、また現れることがあるかもしれない。静たちはそう言い合っていたが、その後、猫が現れることは一度もなかった。

やがて、半年の歳月が流れ、文治三（一一八七）年の晩春、桜町中納言成範が逝った。少し前に病を得て出家していたという。静も母も帰京後は一度も会っておらず、その訃報も人づてに聞いた。

母はその日、いつもより長い間、経を唱えていた。その母に対し、成範は自分の父親なのかと問うことはできず、複雑な気持ちは成範を喪った寂しさと共に、静の心に残り続けた。

成範の訃報を聞いた数日後、静はぼんやりと庭を眺めていた。目の前には笏拍子の草が生えている。もう間もなく花をつける頃だろう。

帰京した当初は庭も荒れ果てていたのだが、母が丁寧な世話を始めてから、また整然とした姿を取り戻した。ただ、笏拍子もどきは留守中に枯れてしまったようで、もう庭には生えていない。

「息災だったか、静さん」

その時、足音を立てることなく、唐突に現れたのは猿丸であった。半年前、都へ入って以来、すぐに別れてしまい、猿丸たちの一座はそのまま西へ向かったはずである。

「あの、猿丸さん。桜町中納言さまがお亡くなりに……」

静が言うと、「ああ、知ってる」と猿丸はこともなげに答えた。おまけに、

「ご落命の前にお目にかかることもできた」

と言う。それではまるで、成範の命が尽きるのを察して、都へ戻っていたようではないか。思えば、猿丸は静たちが必要とする時、いつも都合よく現れてくれる。こちらが頼んだわけでもないのに、まるでそのことを見抜いているかのように。

——傀儡の一座ってのは、俺たちだけじゃねえ。各地に散っているもんでな。一座の中にゃ、一人や二人、人並みでなく足の速い奴もいる。

かつてそんなふうに話していたことがあった。つまり、離れた土地にいたとしても、静たちの動向が猿丸の耳に伝わるよう、常にどこかの傀儡の一座に見守られていたということか。

だが、それ以上くわしい仕組みについては、猿丸も話してくれなかった。

それと同じような形で、成範の病状を猿丸に知らせる者がいたのかもしれない。

「これを届けようと思ってな」

この日、猿丸は静に小さな鉢に入れた花を渡した。布で包まれたそれを開けると、現れたのは一本の茎を天へ伸ばした白い花である。

「これは、笏拍子もどき……」

「へえ。笏拍子もどきねえ。あんたはそう呼んでるのかい」

「名も知らぬ花でしたので。正しくは何という花なのですか」

「さあ、俺も知らねえな。この花は桜町中納言さまの庭先で、桜の木の下に生えてたもんさ」

「中納言さまがこれを私に届けよと？」

「いや、頼まれたわけじゃねえ」

猿丸はそれだけ言うと、去っていこうとする。母に会っていかないのかと尋ねたが、用はないという返事であった。いつも用のある者にだけ会い、用件だけ済ませたらさっさと去るのが猿丸のやり方である。

舞人の来るあてもなし花の園　一人静かに笏拍子打つ

猿丸は拍子をつけて、そう歌いながら去っていった。その歌が何なのか聞くこともできなかった。

それから、静は笏拍子もどきを庭の端に植えながら、猿丸と会った話を母と琴柱に聞かせた。

「それは、猿丸さんが見た桜町中納言さまの最後の姿なのかもしれないわねえ」

母はしみじみとした声で言った。

「花の園って、桜町中納言さまのお邸のことでしょうね。まさに、桜の園でしたから」

と、琴柱も納得した様子で言う。

「でも、この歌は桜が終わった季節を詠んでいるようですね。ひっそりとした庭で、中納言さまがお一人で笏拍子を打っておられたということでしょうか」

「そうかもしれないわ。もしかしたら、中納言さまは笏拍子を打ちながら、お前の舞姿を見ておられたのかもしれないわね」

と、母が言うと、琴柱は大きくうなずいた。

「そうに違いありません。だって、歌にも『静』って出てきているし」

「それは、私の名前のことじゃないでしょう」

と、静は苦笑したものの、もし本当にそうであったら、その時成範が何を思っていたのか少し気にかかる。

「桜の散った庭先で、この花が中納言さまのお目に留まったのかしら」

「そうだとしたら、中納言さまはこの花に静姉さんを重ねていたのではないでしょうか」

母と琴柱の交わす言葉に、静は首をかしげた。

「笏拍子の花は、白拍子の花とも言われるから、それもあり得るでしょうけれど、これはもどきの方よ」

「でも、私はこの花こそ、静姉さんのお花という気がします。だって、ほら、笏拍子の花は茎が二本立っていて、まるで支え合っているみたいでしょ。でも、もどきは一本でしっかり立っている。そんな凜々しいところが、静姉さんみたいに見えるんですわ」

琴柱からそう言ってもらえると、静の胸は温かくなった。小さな白い花を見る眼差しも自然と優しくなる。

「今度は枯らさないように、ちゃんと育ててあげなくちゃね」

と、母も言った。

「ねえ、静姉さん」

とてもいいことを思いついたという様子で、琴柱がにこにこしながら言い出した。

「このお花、いつまでも笏拍子もどきじゃかわいそうですし、私、とてもいい名前を思いついたんです」

「まあ、どんな」

「猿丸さんの歌から採って『一人静』。どう、いい名前でしょう」

琴柱は得意そうに胸をそらしてみせる。

「一人静……」

自分の名前が入っているのはこそばゆいが、嬉しくないわけではない。何より、猿丸が成範を詠んだ歌の中にその言葉が入っていたということが、すでに運命のような気もする。

母は困惑した表情で口を挟まなかったが、心の底では嬉しいと思っていることが伝わってきた。

「お二人とも反対なさらないから、決まりです。これからはこのお花を一人静と呼ぶように」

琴柱が偉そうな口ぶりで言い、母と静は顔を見合わせると、ほのかに笑い合った。

静の足もとでは、一人静の花がひっそりと震えていた。

三

それから一年半の歳月が過ぎた。この秋、母はすでに枕が上がらなくなっていた。臥せってからの母は静の顔を見るたび、

「静や、すまぬ。判官さまのお子を――」

と、詫び続けている。どれだけ詫びても詫び足りない――母はそう感じているようだった。なまじ、病に倒れるまではそのことに触れてこなかっただけに、もはや自分の命が尽きようとしている今こそ、力の限り詫びねばならぬと思い詰めているようであった。

見るに堪えないほどの母の切実な心の闇を前にした時、

「母さま、一つ聞かせてほしいことがあるの」

と、静は切り出していた。

「母さまが舞を捨ててもよいと思われたお方は、桜町中納言さまだったの？」

「……ええ」

母は溜息を吐き出すようにして答えた。

「そう」

今だからこそ問いかけることができ、穏やかな心で聞ける答えだったかもしれない。

「母さま、これ、覚えている？」

静は白い陶器の容れ物を差し出して、母に見せた。母の目にかすかだが強い光が加わる。

「それは……」

「私が小さい頃、盗んだものよ。一度も使っていないけれど」

静は蓋を開けてみせた。もう何十年も前のものだというのに、紅は艶やかな色を保っている。

「母さまにつけてあげるわ」

静は小指の先に紅をつけ、それを母の唇に塗った。それだけで少し顔色が明るく見える。

「もしかして、この紅は桜町中納言さまからいただいたものだったの？」

静の問いに母は答えず、ただそっと目を閉じた。

「盗んだりしてごめんなさい。ちょっとした反撥（はんぱつ）だったのだけれど、返す機会を失ってしまって」

母は目を開けると、もういいのだとかすかに首を振る。それから、

「あの方は……」

と、静から目をそらし、そっと呟くように言った。

「お前のお父さまは……お前が舞を捨てなかったことをお耳にして、喜んでいらしたと思いますよ」

それが、静と母が交わした最後の会話となった。その後はもう亡き静の子のことを嘆くこともなく、母は穏やかに息を引き取った。

（もしや、猿丸さんが現れるのではないかしら）

静はそう思ったし、弔いの手伝いをしてくれた琴柱もそう言っていたが、なぜかこの時、猿丸はまったく姿を見せなかった。

「母君のお弔いも済みましたし、静姉さん、そろそろ奥州へ行くことを考えてみませんか」

この時、琴柱がそう言い出した。

吉野山の別離から三年、義経が奥州に身を寄せていることは都にも伝わっている。平泉に居を構える奥州藤原氏は、頼朝も手を出せないほどの力を備えているそうだ。残念ながら、郷がどうしているかは分からなかったが、それも自ら平泉へ行けば分かることである。

東海道を下って、頼朝に従う武士たちの坂東諸国を抜け、白河（しらかわ）の関を越えるのは難しいだろうが、義経がそうしたと伝え聞くように、都から北陸を通って奥州を目指せばいい。

「あちらは、都も顔負けなくらい豊かで雅だとも聞きますわ。白拍子の仕事だってきっとあるはずです」

琴柱はそんなふうに言った。

静も琴柱も都ではかつてのように総角の一座に身を置き、招かれれば宴席に侍り、白拍子として働いていた。

「私たち二人で平泉へ行き、都の白拍子の力量を見せてやりましょう」

はりきって言う琴柱に、静はうなずいた。

「旅先で舞いながら銭を稼いだっていいものね。もしかしたら、途中で猿丸さんの一座に会えるかもしれないわ」

とはいえ、冬の旅はやはり厳しい。奥州への道連れを探すにしても、春になってからの方が見つけやすいだろうと、来春の旅立ちを予定して、その支度を進めていたある日、

「ごめんくださいませ」

静の家に、遠慮がちな若い女の声がかけられた。

「こちらは今も、静さまのお宅でございますか」

女の細い声はさらに続く。

「私が見てまいります」

母が亡くなって以来、一緒に暮らすようになった琴柱が立っていった。

「お前はまあ！」

琴柱の大きな声に驚き、静も玄関へ向かったが、

「葛の葉ではないの」

という琴柱の声が続けて聞こえてきた。

「葛の葉ですって」

静は駆け出した。戸の外へ出た途端、市女笠を脱いで立つ葛の葉の姿が目に飛び込んでくる。

「静さまっ！」

昔と変わらぬ一途な眼差しを静は受け止めた。

「申し訳ございませぬ」

葛の葉は突然、静の足もとに土下座すると、

「数々のご恩を受けた身でありながら、静さまの最もおつらい時に、おそばにいることができなくて」

と、額を地面にこすりつけ、泣きじゃくりながら言う。

「何を言うの。お前は判官さまの大事な北の方さまをお守りしてくれたのでしょう。そのことが、私にとって何よりもありがたいことなのよ」

静は葛の葉の体を抱き起こして、優しく言った。

「静さま……」

葛の葉は静の目を恐るおそるのぞき込み、そこに一片の怒りもないことを知って声を詰まらせた。

「さあ、とにかく中へ入ってちょうだい。これまでお前がどうしていたのかも、くわしく聞きたいから」

静と琴柱は両側から支えるように、葛の葉を立ち上がらせ、三人で家の中へ入った。

葛の葉は京で琴柱と別れた後、当初の予定通り、生き別れになった義経と郷を追った。だが、行方をくらませている彼らと、たやすく出会えるはずもない。また、最後の目的地と思われる奥州平泉にも、義経一行はなかなか姿を現さなかった。

義経が平泉へ入ったのは、一年半ほど前だという。

葛の葉はそのことを鎌倉で耳にした。

「判官さまがどうしているか知りたくて、鎌倉へ行ったのでございます。静さまのことも気になっておりましたし……」

だが、葛の葉が鎌倉へ入った時は、すでに静が鎌倉を去った後であった。しばらく葛の葉は鎌倉に留まり、やがて義経が平泉へ到着したことを聞いて、平泉を目指そうとした。しかし、義経を匿った平泉と鎌倉の緊張が高まり、今度は平泉へ入ることが難しくなってしまったという。

「ただ、判官さまと北の方さまの無事だけは、鎌倉で耳にすることができましたので、ひとまず静さまを追って、都へ戻ることにしたのでございます」

と、葛の葉は話を結んだ。

「それでは、北の方さまは判官さまとご一緒に、平泉へお着きになられたのね」

静は身を乗り出すようにして確認した。

「はい。旅の途中で、姫君もお生まれになったそうです」

「まあ、姫君が――」

葛の葉の言葉に、静は目を瞠った。

「まことに姫君なのですね。北の方さまがお産みになったのは、姫君だったのですね！」

声が裏返ってしまう。

「し、静さま……？」

葛の葉が案じ顔になって、ひそかに傍らの琴柱を盗み見る。琴柱も困惑した表情を浮かべていた。

静は義経の子を産み、鎌倉で殺された。一方、ほぼ同じ時期に、郷もまた義経の子を産み、今もその子は無事で、しかも義経と共に暮らしている。

この境遇の違いに、静が郷に嫉妬し、呪いの言葉でも吐くのではないかと案じているのだろう。だが、

「よかった……」

静の心を占めているのは、あふれんばかりの安堵だけであった。

「本当によかった。北の方さまのお産みになったのは、姫君でいらっしゃったのですね。男の子でなくて、本当によかった……」

静の目からは、涙があふれ出してきた。

「琴柱も聞いたわね。北の方さまは姫君をお産みになったのよ。この先、何があっても、姫君が殺されることはない。あの冷酷な鎌倉殿とて、姫君のお命は助けるはずだもの」

たとえ戦になろうとも、敵方の妻や娘の命を奪う武将はいない。それは、保元や平治の乱においても、源平の合戦においても守られてきた理(ことわり)であった。だから、今も平家一門の女人たちは大半が都で暮らしている。

静の言葉に、琴柱は大きくうなずいてみせた。

「さようでございますとも。姫君が殺されることなど断じてありません」

「静さま……」

喜びに咽び泣く静に向かって、葛の葉がそっと呼びかけた。

「判官さまのもとへ参りたくはございませんか。北の方さまや姫君にもお会いしたくあ

りませんか」

葛の葉は熱心な口ぶりで切り出した。

「北の方さまは決して、静さまをお拒みにならないと存じます。静さまが北の方さまをお拒みにならなかったように――」

「ええ……。ええ、そうね」

静はどうしても止まらぬ涙を、自分でも訝しく思いながら、何度も何度もうなずいた。

静につられて咽び泣きしながら、

「静姉さんはね。初めからそのつもりだったのよ」

と、琴柱が葛の葉に言う。

「さようでございましたか」

葛の葉が声を上げ、それから泣き笑いするように顔をゆがめた。

「そうと決まったら、姫君への贈り物をご用意しなければね」

静は涙を拭くと、声を弾ませた。

「紅に白粉に眉墨(まゆずみ)、ああ、それにお香や扇も。貴重な品は都でしか手に入らないのですから、念入りに選ばなければいけないわ」

「まあ、静さま。姫君は来年でやっと御齢(おんとし)四つでございますのに……」

あきれたように、葛の葉が言い返す。その目の縁にも涙が溜まっていた。

「何を言うの。女の子はおませなものだって、知らぬわけでもないでしょう」

静は泣き濡れた顔に笑みを浮かべて言った。

「ああ、琴柱」

高揚した気分のまま、静はその目を琴柱に向ける。

「何だか、今、とても舞いたい気分なの。お前が笛を吹いてくれるわね」

「分かりました、静姉さん」

間髪を容れずに琴柱は言う。

「葛の葉は久しぶりに笏拍子を打ってくれるかしら」

「もちろんでございます、静さま」

葛の葉は慌てて目の縁の涙を拭い、琴柱から笏拍子を受け取った。

「しづやしづ……」

今はただ、一日でも早く平泉へ行きたい。そして、義経や郷やその姫の前で舞をお見せしたい。この静の舞を——。義経も郷もそれをきっと許してくれるだろう。

「しづのをだまきくりかへし……昔を今になすよしもがな」

静はあふれる喜びを全身にまとい、心の赴くままに舞い続けるのだった。

終章

文治五（一一八九）年閏四月三十日、平泉で暮らしていた義経の一家は、藤原泰衡の軍勢に攻められ、命を落とした。本来ならば、戦の犠牲となることのない義経の妻や幼い娘も、義経の手にかかって死んだと伝えられている。

義経の死後、頼朝は奥州平泉を攻め、藤原泰衡を滅ぼした。この戦いには畠山重忠も従軍している。

それからさらに数年が経った。重忠は武蔵国畠山庄と鎌倉を行き来することが多い。その道中にある入間川の渡し場は、特に旅人が多く立ち寄る場所であった。

ある年の春のこと。

重忠がその渡し場近くを馬で通りかかると、にぎやかな笛の音色と騒がしい声が聞こえてきた。前方に十人ほどの人々が群れている。辻で芸をする傀儡の一座がいるようであった。その人だかりの中に、烏帽子に水干姿の白拍子もいる。一瞬、静の面影が脳裡に浮かんだが、静ではない。日の本一の白拍子と言われた静が都から姿を消して、もう数年が経っていた。

（しかし、あの白拍子、どこか見覚えがあるような……）

重忠は馬から降りると、郎党にその手綱を預け、一人で人だかりの方へ歩いていった。客たちの間を練り歩きながら、六つか七つほどの少年が笛を吹いている。その年齢とも思えぬ巧みな技量だった。少年と同い年くらいの少女がそのあとをついて回っている。少女は何をするというわけでもないのだが、小さな唇に紅をさしたその姿が、目を瞠るほどかわいらしい。

少年がいったん笛を口から離すと、少女が何やら言って駆け寄っていった。「あにさまあ」と呼びかけたようにも聞こえ、傀儡の子供らしからぬ物言いだなと思った時、少年の持つ横笛に重忠の目は留まった。

その笛には蟬の木片がついていない。

（あの笛は……）

重忠の胸が跳ねた。かつてそういう笛を持つ人がいたことを知っている。その笛をよく見せてもらおうと、重忠が足を踏み出しかけた時、少年と少女は何も気づかぬ様子で、反対の方向へ駆けていってしまった。

「あっ」

待ってくれ――思わず声を出しそうになった時、

「おやまあ、これはお懐かしや」

重忠の行く手を遮るかのように、何者かが割り込んできた。

長身の重忠は目を下に向けてはじめて、小柄な老人を見出した。首から人形使いの木箱を提げており、年齢からしてこの一座の座長かと見受けられる。しかし、この男から懐かしいと言われる覚えが重忠にはなかった。

「お武家さま、お会いしとうございました。わたしがこうして生きていられますのもお武家さまのお蔭」

いや、何を言い出すのか。ご老人のことなどあずかり知らぬ——そう言い返そうとした時であった。

「チュン、チュン」

どこからか、雀のものと思われる愛らしい鳴き声がして、重忠の気はそらされた。

「あっ、雀だ」

人だかりの中にいた子供たちが、その声に惹かれて、わあっと重忠の周辺に集まってくる。

(いったい、どこに雀が……)

と、思いつつ辺りを見回せば、何と傀儡の老人の木箱の上にいる。

それも、本物の雀ではなくて、作り物の雀であった。してみると、あの鳴き声はこの傀儡の老人の鳴き真似であったか。

「お武家さまには、ぜひとも雀を助けてくれた御恩をお返しせねばなりません。そのため、今日はここに大小二つの葛籠をお持ちいたしました」

と、傀儡の老人が言う。

「なに、葛籠だと」

重忠はついつられてしまった。どうやら傀儡が演じる話の一節で、雀の恩人にされたらしいとは分かったが、この先の筋が重忠には分からない。

「さてさて、大小二つの葛籠、いずれをお選びなさいます。いずれか一つ、土産に持ち帰ってくださいませ」

傀儡の口上が軽やかな節回しで告げられる。その声を聞きつけたのか、重忠の周りを囲むのはもはや子供ばかりではなくなっていた。

皆が重忠に注目している。傀儡の老人が抱える木箱の上には、いつの間にやら大小二つの葛籠——無論、作り物の——が載せられていた。

大きい方は、縦、横、高さのすべてが一尺（約三十センチ）足らずほどで、小さい方はすべての寸法がその半分ほど。

「では、大きい方を」

重忠は大きい葛籠を指でさして答えた。

その直後、見物人たちの何人かの口から、「あーあ」という残念そうな声と大きな溜息が漏れた。

「お武家さま、そっちは欲張りなお婆さんが選ぶ方なのよ。金銀財宝が詰まってるのは小さな葛籠の方」

訳知り顔の女の子がご親切にも教えてくれる。

「なに、そうなのか」

「はてさて、大きな葛籠からは何が出てまいりますやら」

傀儡の老人がひどく楽しそうに言うのが、何やら忌々しい。

「その中からは、蛇やお化けが出てくるのさ」

今度は十歳ほどの男の子が声を張り上げたので、重忠は思わず眉をひそめた。そうするうちにも、傀儡の老人が大きな葛籠の蓋を開ける。すると――。

中から出てきたのは、鉢入りの花であった。「なあんだ」という声と、ほっとしたように息を吐く人々。重忠も思わず肩の力を抜き、安堵の息を漏らしていた。

「ささ、お武家さま。どうぞ」

傀儡の老人は小さな鉢を取り出し、恭しい様子で重忠に差し出した。くれるということらしい。

天に向かってまっすぐ伸びる一本の茎に、細長く白い花弁がいくつもついている。おそらくその辺りの野に咲く花だろうが、重忠は名を知らなかった。笏拍子と呼ばれる花に似ているが、少し違う。そこで、老人に花の名を尋ねようとしたのだが、その時、

「あっ、お武家さまの花がこっちにもある」

子供の大きな声がして、重忠をはじめ、その場にいた者たちの目がそちらに動いた。重忠と傀儡の老人を囲んでいた輪が崩れ、目の前が開けていった。

先ほど見かけた白拍子の女と、傍らの筵に座っている若い尼の姿があった。

「この花は『一人静』というんですよ」

わっと人々に取り巻かれたきれいな尼が、鉢植えの花を示しながら言う。

「よろしければ、一鉢いかが」

「『一人静』とは寂しい名だね」

筵の前に陣取っていた五十がらみの男が、しみじみとした口ぶりで言う。

「静御前からつけた名前なんだろ。静御前が判官殿と最期を共にできなかったから、『一人静』っていうのかい」

「それは違うわ」

突然、声を上げたのは傍らに立つ白拍子の女であった。

「一人で舞うことは白拍子の矜りなの。誰にも頼らず、一人で立つことが人の矜りであるように」

白拍子は言うなり、背筋をぴんと伸ばして立ち、袴にさしていた扇を手にした。どうやら舞が始まる合図らしい。気がつくと、重忠の傍らにいた傀儡の老人は姿を消していた。

人々はしんと静まり、いっせいに白拍子の女に目を向ける。一瞬でその場は舞台となった。

花売りの尼が慣れた様子で笏拍子を打ち始めると、笛の音色がそれに重なる。尼の傍らで笛を吹いているのは、先ほど重忠が目を留めた少年であった。

笛の音色に一拍遅れて、白拍子の口がおもむろに開かれる。

「しづやしづ、しづのおだまき、くりかへし――」

白拍子の口から、涼やかな澄んだ歌声がつむぎ出された。この歌ならば、重忠もよく知っている。かつて静御前が鶴岡八幡宮で舞った時の歌であった。この曲に合わせて自分が銅拍子を打った時のことを、重忠は懐かしく思い出した。

春の明るい光が白拍子の堂々たる舞姿を、まばゆいばかりに照らし出している。

ふっと目を細めたその時、重忠は白拍子の女に寄り添って舞う静御前の姿を見たような気がした。

よもや――と思いながら、何度か瞬きをし、もう一度目を凝らそうとしたその時――。

重忠の目の中に、笏拍子を打つ尼の前に置かれた白い花が飛び込んできた。暗緑色の葉の間に、純白の小さな花弁が春の風に揺れている。一本の茎に細長い花弁をたくさんつける愛らしい野の花は、確かに「一人静」と呼ぶにふさわしい。

「……昔を今になすよしもがな」

白拍子の舞と歌は、下の句を二回くり返して終わった。

その場にいた者たちの口から、やんやの喝采が湧き起こる。その高揚の中で胸を震わせながら、

「見事っ！」

重忠は思わずそう声を放っていた。

静になりきって舞い終えた白拍子は筵の上に膝をつき、優美に一礼する。身を起こした時、その顔はあふれんばかりの誇らしさに輝いていた。

【引用和歌】

千早振る神もみまさば立ちさばき　天のとがはの樋口あけたまへ（小野小町『小町集』）

虎に乗り古屋を越えて青淵に　蛟龍とり来む剣太刀もが（境部王『万葉集』）

しのぶれど色に出でにけり我が恋は　ものや思ふと人の問ふまで（平兼盛『拾遺和歌集』）

物おもへば沢の蛍も我が身より　あくがれいづる魂かとぞみる（和泉式部『後拾遺和歌集』）

いにしへのしづのをだまきくりかへし　昔を今になすよしもがな（『伊勢物語』）

わびぬれば身をうき草の根をたえて　さそふ水あらばいなむとぞ思ふ（小野小町『古今和歌集』）

み吉野の山の白雪踏み分けて　入りにし人のおとづれもせぬ（壬生忠岑『古今和歌集』）

榊葉にゆふしでかけて誰が世にか　神の御前にいはひそめけむ（『拾遺和歌集』神楽歌）

解説

青木千恵

よしのやま峰の白雪踏み分けて　入りにし人の跡ぞ恋しき

しづやしづしづのをだまきくりかへし　昔を今になすよしもがな

しづやしづ、のフレーズに、どこかで聞いたことがある、知っている、と思う人は多いのではないだろうか。

この歌は、平安末期～鎌倉初期の武将、源義経の愛妾（あいしょう）で、京の白拍子だった静御前が文治（ぶんじ）二（一一八六）年四月、源頼朝・政子夫妻の求めで鶴岡八幡宮前で舞い、吉野山で生き別れた義経への恋慕を歌ったエピソードとともに知られている。静の舞の見事さに、見た人々は上下の別なく感動したと、鎌倉前期の史書『吾妻鏡（あづまかがみ）』にある。「しづやしづ～」は、『伊勢物語』（平安前期）にある和歌「いにしへのしづのをだまきくりかへし　昔を今になすよしもがな」を、少しアレンジした歌だ。〈すでに過ぎ去った素晴らしい時をもう一度取り戻したいと願うのは、どんな人の心にも必ず宿る思いなのではないだろうか〉。義経を追慕する静の歌は、舞を見ていた人々の心と共振したのである。

静に関する記録はとても少なく、『吾妻鏡』で分かるのは、彼女が優れた白拍子であった、ということである。たぐいまれな戦功を挙げながら、兄の頼朝に追われた義経の悲劇的な生涯は英雄伝説を生み、義経とともに静も伝説の女性となった。室町時代に成立した軍記物語『義経記』には、雨乞いの儀式で静が舞を奉納したエピソードがある。後白河法皇が神泉苑で催した雨乞いの儀で、百人目の舞人として静が舞うと黒雲が現れて雨が降り、法皇から「日の本一の白拍子」と言われたという。静は、義経と出会う前から、当代随一の白拍子として知られていた——。

本書は、舞と恋に心を捧げた、静御前の生涯を描いた恋愛時代小説だ。藤原氏に代わって平清盛が政権を掌握し、平家一門が都で絶大な権勢をふるう一方、各地で反乱の火の手が上がっていた治承の頃。まだ十三歳で見習いの白拍子だった静が、雨乞いの儀で舞う場面から物語は始まる。「ただ、ひたすら信じよ。そなたの歌と舞には天を動かす力があるとな」。上流の公家、藤原成範に鼓舞された静は、かつて小野小町が雨乞いをした時に詠んだという「樋口あけたまへ」を歌いながら舞う。雨乞いの儀から始まるように、篠綾子さんの解釈によるこの新たな静御前の物語は、静が白拍子であることに着目し、自立した一人の女性としてその生涯を描き出している。『義経記』をはじめ、数多の物語で描かれてきた静を、義経の愛妾という、誰かと対にする大方の見方でとらえていないのだ。

まず、静が白拍子として研鑽を積み、芸をよりどころに生きる様子は、平安から鎌倉時代の職業小説のようである。静は、信西入道（藤原通憲）に男舞を習い、男装して男舞を舞って「白拍子の祖」と言われた、磯禅師の娘として生まれた。六歳の時に都へ出て白拍子に憧れ、母と離れて総角一座に入門し、他の白拍子たちと暮らしながら稽古に明け暮れる。芸の道は静の人生そのものだ。生きているといろんな思いにとらわれるが、静が舞うことが好きなのは、雑念を追い払えるからだった。〈私は日の本一の白拍子とならなければ――〉。神泉苑での雨乞いの後、そう心に刻んだ静は、「私は……見てみたいのだ」「才ある者が舞に生涯をかけ、芸の頂に達する姿をな」と望む成範の後見を得て、誰よりも懸命に稽古をする。歌も舞も抜きんでて上達したが、座長の総角から「何かが足りないんだよねえ」と言われるなど、「冷たい」とか「雪の精」とか、美しいがどこか血が通っていないという欠点を言い当てられて悩む。また、静は幼い頃から、母の磯禅師に対してわだかまりを抱えていた。静が対抗心を燃やす相手は現役で活躍する白拍子ではなく、出家した母なのだ。舞を捨てた母の気持ちを理解できない静は、〈確かに、今の自分はまことの恋を知らないのだろう。だが、それならば、母が味わったのと同じような、いや、それ以上の恋をして、その上でかつ芸の道を極めてみせる〉と、恋と芸の両立を志す。やがて、まことの恋の相手に出会うことになる。

　その相手、源義経が登場すると、物語は恋愛小説の色彩を帯びていく。恋をして揺れ動く静の気持ちが、精細に描かれているのも読みどころだ。「桜町中納言」と言われ、〈いつも春の気配を纏っているような〉、風雅であたたかい成範に惹かれた静だったのに、成範とはまるで違う、〈年がら年中、厳しい冬の寒さの中で生きているよう〉な、武家の義経に恋をしてしまう。幼い頃に父が敗死し、母や兄と引き離されて寺に預けられた義経は、父も母も知らない孤独な青年だった。〈静は目の前の人を抱き締めて慰めたいような、逆にその人に慰めてもらいたいような心地を覚えた。だが、傷ついた者同士寄り添い合いたいというだけではない。この泣き出したいような心の奥底にあるのは、相手をどうしようもなく愛おしく思う気持ちであった〉。やがて義経が頼朝の命で、武蔵国の豪族の娘を北の方（正妻）に迎えると、静の心は千々に乱れる。恋をして揺れ動く心模様は、静の歌と舞に表れる。「静姉さんの舞は確かに美しいだけのものじゃなかったかもしれないけれど、でも、その方が人の心に深く沁みるんです」。そう言う妹弟子の琴柱や、傀儡の老人から預けられた美少女、葛の葉らが絡み、恋をめぐる女性たちの人間模様が描かれていく。

　そして本書は、静御前という実在の人物を題材にした時代小説である。ただし前述したように、静の記録はとても少なく、生没年も不詳だ。謎の方がはるかに多い女性であるのを逆に生かすようにして、著者の篠綾子さんは想像力を豊かに駆使し、静という一人の女性の生涯を描き出している。歴史の流れと時代背景を押さえながら物語を紡ぎあげる、時代小説の醍醐味を味わえる作品だ。

静が生きたのは、権力のために公家も武家も争い合う内乱の時代だった。平家追討で大功を挙げた義経は、後白河法皇に取り立てられて人気を得るが、兄の頼朝と対立して襲撃に遭い、都を脱出する。ついに奥州・平泉で最期を遂げる時、義経の側には正妻の郷御前と幼い娘がいたと伝えられている。篠綾子さんは、『義経と郷姫　悲恋柚香菊　河越御前物語』（単行本は二〇〇五年に刊行。『義経と郷姫』のタイトルで、二〇二二年二月に角川文庫より文庫化）で、義経と郷姫の悲恋をすでに描いている。今回は義経の愛妾、静が主人公だが、彼女の運命を象徴するような存在として「花」がある。物語の中では、春の終わりから夏の初めの頃、野山で白い花をつけるある花は、茎が二本に分かれて笏拍子のように見えるから「白拍子の花」と言われている。白い花をつけるが容が違い、茎は一本しかない「笏拍子もどき」は、ヒトリシズカ（一人静）と呼ばれている。

義経の正妻、郷御前は、豪族、河越重頼の娘だった。一方、静は、公家や武家のような「家」がらみの姫君ではなかった。そもそもが白拍子として、身に付けた芸を頼みに生きていた庶民なのだ。そんな静を、〈野山に生えている地味な花〉を織り交ぜて描き出している点は、著者の慧眼だし、この物語の独特さだと思う。庶民としての静の造形はリアルで、はるか昔を舞台にしながら、今目の前に生きているような、とても身近な女性として描かれている。「でも、私はこの花こそ、静姉さんのお花という気がします。だって、ほら、笏拍子の花は茎が二本立っていて、まるで支え合っているみたいでしょ。でも、もどきは一本でしっかり立っている。そんな凛々しいところが、静姉さんみたいに見えるんですわ」と、琴柱が静に言う言葉には、昔も今も、自らの人生を主体的に生きる女性への憧れと励ましが込められているようだ。

篠綾子さんは、いくつものシリーズ作品を手がけつつ、集英社文庫では二〇一九年以降、『岐山の蝶』、『桜小町　宮中の花』、『あかね紫』、『星月夜の鬼子母神』、そして本書と、年に一、二作のペースで書き下ろし時代小説を発表している。たとえば『岐山の蝶』は戦国時代が舞台で、織田信長の妻、濃姫（帰蝶）が主人公。『桜小町　宮中の花』は平安時代の歌人、小野小町が主人公だ。本書の静と同様に、実在の人だが史料の記述が少なく、謎が多い女性を題材にしている。どの時代でも、人は運命に振り回されるし、愛する人と別れる苦しみを避けることはできない。本書の静は、義経に恋をしたことでつらい目に遭い、愛する人たちと別れるが、それでも生きる。濃姫は蝶、小野小町は花、そして静は花と舞。せつなさや儚さを孕んだディテールが織り込まれ、女性の生き方を問う。異なる時代を描きながら、今を生きる読者に寄り添う物語となっている。

花や舞、蝶といった、せつなく儚いものは、なぜ人の琴線に触れるのだろうか。白拍子は、戦が続く世の中で人の心を慰め、楽しませ、幻想を生みだす芸能の一つだった。歌人の想いが深く込められた歌が言霊を宿し、時を超えて歌われるように、静の舞は、天と人の心という、ままならないものを動かした。〈もっと地味で、目立たない――しかし、天を目指してすっくと伸びる白拍子の花〉。一人の女性、静の物語には、読者一人ひとりの人生と共振する部分があると思う。〈一度目を閉じ、心を澄ませる。今、心がいちばん訴えたい、解き放ちたいと思っているのは何だろう。己の力と才を用い、舞にのせて誰かに伝えたいと思うこととは――〉義経が正妻を迎えたことで、心乱れた頃の静の気持ちである。静の舞い納めを見るような、不思議で幻想的なラストも秀逸だ。

小説もまた、歌や舞と同様に、天を目指して紡がれるものなんだなと思う。

（あおき・ちえ　書評家）

本書は、集英社文庫のために書き下ろされた作品です。

編集協力　遊子堂

集英社文庫

花(はな)と舞(まい)と　一人静(ひとりしずか)

2022年11月25日　第1刷

定価はカバーに表示してあります。

著　者　篠(しの)　綾子(あやこ)

発行者　樋口尚也

発行所　株式会社 集英社
東京都千代田区一ツ橋2-5-10　〒101-8050
電話　【編集部】03-3230-6095
【読者係】03-3230-6080
【販売部】03-3230-6393(書店専用)

印　刷　図書印刷株式会社

製　本　図書印刷株式会社

フォーマットデザイン　アリヤマデザインストア　　マークデザイン　居山浩二

ISBN978-4-08-744454-4 C0193